三毛传

程悦 著

Sanmao Zhuan

我我怜卿 最真不过三毛

江苏凤凰美术出版社
全国百佳图书出版单位

图书在版编目（CIP）数据

君须怜我我怜卿 最真不过三毛 / 程悦著. — 南京：江苏凤凰美术出版社，2014.7（2019.8重印）

ISBN 978-7-5344-4125-7

Ⅰ. ①君… Ⅱ. ①程… Ⅲ. ①传记文学-中国-当代 Ⅳ. ①I25

中国版本图书馆CIP数据核字（2014）第011889号

策　　划	王继雄
责任编辑	曹昌虹
版式设计	乐活时代
责任监印	唐　虎

书　　名	君须怜我我怜卿　最真不过三毛
著　　者	程　悦
出版发行	江苏凤凰美术出版社（南京市中央路165号 邮编：210009） 北京凤凰千高原文化传播有限公司
出版社网址	http://www.jsmscbs.com.cn
印　　刷	三河市宏图印务有限公司
开　　本	880mm×1230mm　1/32
印　　张	7
版　　次	2014年7月第1版　2019年8月第2次印刷
标准书号	ISBN 978-7-5344-4125-7
定　　价	39.80元

营销部电话 010-64215835
江苏凤凰美术出版社图书凡印装错误可向承印厂调换 电话：010-64215835

序　言

马背上的精灵

——传奇女子三毛的漂泊一生

不要问我从哪里来
我的故乡在远方
为什么流浪
流浪远方　流浪

为了天空飞翔的小鸟
为了山间轻流的小溪
为了宽阔的草原
流浪远方　流浪

还有　还有
为了梦中的橄榄树　橄榄树
不要问我从哪里来
我的故乡在远方

为什么流浪
为什么流浪远方
为了我梦中的
橄榄树

　　钟爱一种名叫 Godiva 的巧克力，每一块巧克力上都印有一位骑马的长发女子。好奇之余翻阅资料，原来这个巧克力的 Logo 源于一幅世界名画《马背上的 Godiva 夫人》，而油画的背后又蕴藏着一个动人的故事：据说大约公元 1040 年，统治考文垂的伯爵打算向人民征税以用于对外开战。他美丽善良的妻子 Godiva 夫人苦苦哀求不要增加百姓的苦难。伯爵大怒："你脱光了骑马在城里走一圈，没人偷看，我就听你的！"翌日早晨，Godiva 夫人真的脱去衣服，仅以长发遮体，骑马巡城。而城中的居民为了表达对她的尊重，全部闭门掩户呆在家中。伯爵最后也履行诺言，减免了百姓的税赋。

一千年以前，美丽善良的 Godiva 夫人为了全城百姓的疾苦，不惜跨上马背，裸身巡城。在清晨的薄雾中，裸身的 Godiva 夫人就像一个纯洁的精灵，马背上驮负的是责任和信仰，是对百姓的爱和满怀的慈悲。一千年以后，世上又多了一个骑在马背上的精灵。只不过，这一次，她驮负的不是责任和信仰，而是一颗天性流浪的心。她走遍千山万水，不知疲倦，只为寻找心中的真爱，还有，那份无以安放的深刻孤独。

"我有许多匹好马，是一个高原牧场的主人。至于自己，那匹只属于我的爱马，一生都在的。常常，骑着它，在无人的海边奔驰，马的毛色，即使在无星无月的夜里，也能发出一种沉潜又凝炼的闪光，是一匹神驹。"——三毛《爱马》

从一个国家，到另一个国家；从一座城市，到另一座城市；从一个地方，到另一个地方；从陌生，到熟悉。从无休止的旅行，灵魂在路上漂泊不定，是为了逃避一场初恋的伤，为了医治与生俱来的孤独。到后来漂泊成为一种习惯，就像一碗慢性毒药，欲罢不能。没有哪一个地方可以让她心安，作长久的停泊。那些未知的远方，是她梦里魂牵梦萦的城堡、雪山、草原、沙滩、海湾，也是永存在心中的圣地、风景和向往，还有浓得化不开的乡愁。冥冥中，仿佛希腊神话里那个海上的女巫用魅惑的歌声唱着：我在这里，你一定要来啊！而她就欣喜地叫着：我要去！我要去！于是再一次背起行囊，匆匆上路。

序言：马背上的精灵

她是三毛。台湾女作家。一个骑在马背上的灵魂歌者。

她简单，率性。因为简单，所以玄妙。正如她的文字，不造作，不浮夸，没有太多辞藻的堆砌，低吟浅唱，却拥有几亿读者，谈及三毛，无不喜欢。

她长得并不美，却长发及腰，着一袭红的白的花的长裙，带着她钟爱的纸笔，在台湾、非洲、欧美、大陆各地自由地来来去去。

她几乎每件事情都力求做到极致，就像"死了都要爱"那首歌唱的那样："死了都要爱，不淋漓尽致不痛快。"她写作时连续多日不吃不睡，作品完成马上进医院。

她48岁便了却生命，告别红尘。

她拼尽全力上演了一场青春的绝唱，走得如此轻快，却把最美的文字和最美的容貌留在了尘世间。这是一笔弥足珍贵的财富。

她独特的生活经历，给千千万万的女孩以启迪：原来，生活和爱情，还可以有这样一种选择。那些被尘世间大多数男女辜负了的青春韶光，在三毛手中，被演绎得跌宕起伏。她短短六年婚姻生活的恩爱与缱绻，已抵得上很多夫妻漫长一生的无味相守！

三毛对我来说，是一个永远解不开的谜团。

对很多人都是。

初读三毛，热烈而欢喜。再读，沉静而心疼。因为岁月的磨砺，对三毛的思想多了一份理解和认同。

Echo，是三毛的英文名字，来源于希腊神话中的 Echo 女神，名字的背后同样有一个凄美的故事。Echo 意为"回响"，在滚滚红尘中，仿佛冥冥中注定，遇见荷西，遇见王洛宾，遇见最美的自己，弹奏起一曲曲动人的旋律，留给世界绝妙的回响。

三毛的传奇，不可复制。

她笔下的一个个故事，就像一颗颗砂砾。经由海水的冲刷，每一颗都显露出清晰的纹理,每一颗砂砾都有它作为一粒砂的自我和不凡。

她就像天上之云朵,漂移不定,而爱是唯一牵扯她回到尘世的丝线。

后人关于三毛的死因,关于自杀、谋杀的争论,窃以为,已经毫无意义。三毛说过:"如果选择了自己结束生命这条路,你们也要想得明白,因为在我,那将是一个幸福的归宿。"

是的,幸福。幸福的定义,在于身体的自由和灵魂的自由。这两点,三毛都做到了。去想去的地方,做想做的事,爱想爱的人,谁说三毛的一生是悲情的一生?我要说,她比当下的大多数人都要幸福!

伊人已去。三毛当年骑在马背上,万水千山走过,留下一串串或深或浅的足印。且让我们循着三毛踏过的足迹,追根溯源,探索她多姿多彩的一生。

【目录】

第一卷　雨季不再来
第一章　降临——古怪小孩·003
第二章　阅读——蜕变的起点·006
第三章　叛逆——逃学少年·009
第四章　自闭——墓园中的阅读·014
第五章　自拔——用绘画疗伤·019
第六章　文字——寂寞里燃烧的芳华·028

第二卷　温柔的夜
第一章　被爱——请原谅，那时候我还不懂爱情·033
第二章　追爱——初恋，刻骨铭心·036
第三章　远行——飞出国门的女孩·039
第四章　告别——给我六年的期限，让我等你·048
第五章　狂澜——还能再猛烈些么·052
第六章　重逢——六年了，我还在这里等你·057

第三卷　撒哈拉的故事
第一章　契合——不早不晚刚刚好·063
第二章　结婚——撒哈拉作证·066
第三章　守候——你不在，寂寞泛滥成灾·070
第四章　筑巢——罗马不是一天造起来的·073
第五章　探奇——生死边缘见真情·080
第六章　角色——你还能再多点身份吗·088
第七章　友谊——生活因你而精彩·099

I

第八章　战乱——我先走，你就来·108

第四卷　梦里花落知多少

第一章　思念——望穿大西洋·113

第二章　团聚——重来一次蜜月旅行·115

第三章　失业——让我来挣钱养你·120

第四章　回家——台湾小太阳·126

第五章　维权——要爱情也要面包·128

第六章　爱你——情到深处爱亦浓·132

第七章　诀别——来不及说再见·142

第八章　不死——活着，只为那句承诺·148

第九章　陪伴——荷西，我回来了·152

第五卷　万水千山走遍

第一章　亲情——再次呼唤爱女回归·159

第二章　自由——多么奢侈的梦想·162

第三章　流浪——骑马仗剑游欧美·166

第六卷　红尘滚滚

第一章　辗转——在喧哗与清冷之间·177

第二章　授业——付出，呕心沥血·179

第三章　失忆——透支生命的代价·181

第四章　惘然——难以为继的爱·184

第五章　了结——再见加纳利，再见荷西·187

第六章　寻根——"三毛"和"小沙女"的乡愁·190

第七章　忘年——流浪女和西部歌王·195

第八章　永别——超越死亡的意义·202

后　记

永远的三毛·207

朋友眼中的三毛·209

三毛生平·211

三毛作品·213

第一卷 Chapter · 01

雨季不再来

总有一日，我要在一个充满阳光的早晨醒来，那时我要躺在床上，静静地听听窗外如洗的鸟声，那是多么安适而又快乐的一种苏醒。到时候，我早晨起来，对着镜子，我会再度看见阳光驻留在我的脸上，我会一遍遍地告诉自己，雨季过了，雨季将不再来。

——三毛《雨季不再来》

第一章
降临——古怪小孩

1943年春天，山城重庆。不管中国大地上是怎样的战火连天，嘉陵江水却依旧温柔地拍打着堤岸。温柔的江水似乎预感到，一个不寻常的新生命即将降临。

3月26日，三毛在重庆黄角桠出生。陈嗣庆和缪进兰夫妇为他们的第二个女儿取名陈懋平，"懋"是族谱上属她那一辈分的排行，"平"是取自她出生那年烽火连天，父亲期望这个世界再也没有战争，而给了这个孩子"和平"的大使命。

和大多数父母一样，陈家父母并没有给予二女儿以格外的照顾，他们如何能够预料，这个看似普通又有点刁钻古怪的小孩，日后会成为一个享誉世界的作家——三毛；他们又如何能够预料，特别让他们担忧，特别让他们心疼的，正是这个二女儿。担忧了一辈子，心疼了一辈子，最后还要白发人送黑发人，承受难以隐忍的巨大伤痛。

世间万物，总是循着它自己的轨道，不急不缓地行走着。就像一棵树，到什么时候，发什么芽，开什么花，结什么果，总是在那个时候，不早不晚，刚刚好。

还未满三岁，三毛全家搬迁到了南京，父亲在那里开了一家律师事务所。也就在三岁那年，开始习字的三毛嫌名字陈懋平中的"懋"字特别难写，无论如何也学不会，便自作主张把"懋"字去掉，改成了"陈平"。

一个孩子私自做主改掉了父母给自己起的名字，虽说此举算不得惊世骇俗，在她那个年龄的孩子中却实属难得。可风，三毛天性崇尚简单，讨厌复杂，改名事件便可窥端倪。

在父亲陈嗣庆眼里，三毛的性格与其他孩子明显不同，甚至显得有些古怪。她不要洋娃娃、新衣服，喜欢书本和农作物。在鼓楼头条巷4号一幢宽敞的西式宅院里，三毛一个人不哭不闹，安安静静独处。她见苹果挂在树上，会问苹果："是不是很痛苦？"别人捏死蚂蚁，她会跳起来极力反对。三毛在重庆的家离坟场很近，她常常一个人跑去坟场，趴在坟头上玩泥巴，不知道害怕为何物。逢到年节宰羊，她会跑去，蹲在旁边从头到尾看宰羊的过程，看完不动声色，脸上有一种满意的表情。别的孩子不敢看不敢做的事情，她全都看了做了，而且醉心其中不觉得与他人有异。

三毛的观察力也异常惊人。大约五岁的时候，三毛随父亲去机场迎接一位日本远道而来的朋友。老友相见，分外亲热，陈嗣庆根本没有觉察出有什么异样。叔叔不在身边的时候，三毛悄悄对父亲说，这个叔叔家里刚死了人，父亲连忙告诫她别乱说话。可是，客人到家，和陈嗣庆叙旧时，却道出他的儿子刚夭折不久，说完泪流满面。陈嗣庆不由得暗自吃惊，三毛这个精灵古怪的女孩，竟然能察觉出别人察觉不到的事实真相。这敏锐的观察力，为她今后的写作积累了丰富的素材，成为难能可贵的一种天赋。

陈嗣庆曾经回忆三毛幼时一件惊险的事情，若非三毛的机智和镇定，恐怕早已送了小命。一天，大人们正在屋里吃饭，突然听见屋外激烈的打水声，奔出屋外一看，所有人大吃一惊：三毛头朝下栽进一口大水缸里，正努力伸直双臂撑住缸底，伸长了两条腿拼命踢打水面。大人们将她从水里揪了上来，三毛不但没有哭，反而嘴里念着"感谢耶稣基督"，似乎刚才的危险不足一提。这样的智慧和冷静，令所有在场的大人们既惊讶又自豪。

三毛仿佛对身边的一切都饶有兴趣，她观察它们，收集那些破破烂烂的垃圾，搞一些自己的小发明创造。一颗弹珠、一个大别针、一颗狗牙齿、一个空的香水瓶、一只小皮球，都是她心仪的宝贝。"捡破烂"的习惯贯穿了三毛一生，甚至在撒哈拉沙漠，三毛花了整整两年的时间，用在大漠镇外垃圾堆里翻捡来的成绩，布置出了一个"世界上最美丽的家"。三毛离家远行前，父母的家里早已堆满了她在外面捡回来的"好东西"，三毛担心父母丢掉自己的宝贝，还要他们一再保证，就是搬家，也不丢掉这些被三毛视为第二生命的破铜烂铁。

虽然三毛是抗战末期出生的"战争儿童"，但是在父母的庇护下，衣食无忧，从不知缺乏物质是什么滋味。然而，温馨快乐的时光总是那么短暂，三毛和姐妹们吹泡泡、下石子棋、唱布袋戏、玩筷子手枪的游戏童年，很快被无情的战火中断。

1946年6月，蒋介石撕毁停战协定和政协决议，不顾中国人民的反对，同美国签订了所谓《中美友好通商航海条约》、《中美航空条约》等一系列丧权辱国的条约，把中国主权大量出卖给美帝国主义，以此为代价，发动了内战。战争进行到1948年，国民党军队节节败退，南京的许多达官显贵们纷纷各奔前程。不满六岁的三毛随着父母亲，和伯伯陈汉清一家从南京一路到上海，登上了"中兴号"轮船，奔赴台湾。

第二章
阅读——蜕变的起点

经历了晕船的折磨和海上颠簸,三毛一家踏上了台湾的土地,住进了台北建国北路朱厝仑一幢。那时候台湾虽然已经由国民党政府管理,但是因为刚刚结束日据,很多建筑还保留着日式风格。孩子们兴奋地冲进小楼,兴奋地在榻榻米上蹦来蹦去,大叫大嚷:"解放了!解放了!"紧张的政治局势是大人们的事情,和孩子们无关。

陈家举家迁往台湾后不久,才五岁的三毛发现了一个更好玩的东西——自行车,她开始想方设法学习骑自行车。有一次因为没有控制好车速,连车带人一下子掉进了旁边的废井里。三毛没有像别的孩子一样吓得哇哇大哭,等待大人赶到救援,而是自己镇定地慢慢爬了出来,又找了根大树枝把自行车捞了上来,回到家,才发现两个膝盖跌破了,连骨头都露出来了。

母亲缪进兰给她上药的时候,她竟也不叫疼,还笑着说:"咦,烂肉裹的一层油原来就是脂肪,好看好看!"三毛没有受到惊吓,母亲缪进兰可吓坏了。她不敢再让三毛一个人乱跑,不想成天为她担惊受怕,于是早早将她送进了学校。

1948年,经过一段时间的休整和适应,才五岁半的三毛被母亲送进了学堂——台北国民小学。最初的求学生涯,对于三毛,无异于一段痛苦的经历。在这段时间里,三毛逃学、叛逆、冷漠,成为老师和父母眼中十足的"问题小孩"。

三毛逃学,实在是因为,她的阅读量,已经远远超过了课本教给的知识。

三毛从小就对书痴迷。父亲陈嗣庆曾自豪又有几分无奈地表示："我女儿对于看书的狂热可以说一万个人中找不到一个。这不是炫耀，是做父亲暗暗观察一生的事实。"

三毛是先看书后认字的。与其说看书，不如说是玩耍。父母亲很重视孩子们的学前教育，在家里的二楼为孩子们专门开辟了一间书房，被三毛的哥哥姐姐称作"图书馆"。书房里摆满了各种各样的图书，《木偶奇遇记》、《苦儿寻母记》、《格林兄弟童话》、《安徒生童话集》、《爱丽丝漫游仙境》、《爱的教育》，都是那时候三毛的囊中读物。到五岁时，她已经开始看《红楼梦》。很难想象一个汉字不识几个的五岁女孩，如何"阅读"这本厚重的大书。在她的阅读过程中，父母亲给了她很大的帮助，不懂就问，不会就解释，快速提高了三毛的阅读和理解能力。

三毛生平第一本看的，也是最爱的书，就是张乐平所著《三毛流浪记》，后来又有了《三毛从军记》。也就是从三岁的那年起，三毛被漫画书中的主人翁深深吸引住了，书中三毛弱小的形象和凄惨的故事，深深打动了她的心，使她幼小的心灵产生了一种朦胧的社会形态与意识，使她懂得了"在这个社会里，尚有许多遭遇极度凄苦、无依无靠的孩子们，他们流落街头、无爹无娘，挣扎着在一个大都会里生存的心酸以及那露天宿地、三餐无继的另一个生活层面。"

到了十一岁，三毛开始真正看《红楼梦》。十一岁半念小学五年级时，她甚至在上课时把《红楼梦》藏在裙子下面偷偷地读。

三毛绝不满足浅陋的小学课本知识，大量的课外读物成了她的最爱。每个月《学友》和《东方少年》一上市，一天就被她看完了，于是又跑去翻堂哥的藏书。鲁迅、巴金、老舍、冰心、郁达夫，那些名家名作，能看的全都看了。大伯父的书架上，《孽海花》、《六祖坛经》、《阅微草堂笔记》、《人间词话》也被她翻了出来。初一的那年夏天，三毛从父亲偶然翻出来晾晒的大樟木箱里一大堆旧衣服的下面发现了《水浒传》、《儒林外史》、《今古奇观》等线装书，一下子如获至宝，钻了进去。就连小学六年级那么紧张的情形下，她还偷看完了整整一大部《射雕英雄传》。

家里的书看得差不多了,三毛又把目光投向了屋外——建国北路的建国书店。那是一家租书店,租书是需要花钱的。当时父亲没有及时开张做律师,从大陆带来的金饰也都换成了金圆券流掉了,家里的经济并不宽裕。但是开明的母亲没有阻拦孩子们求知的热情。她给她们每个月发一些零花钱,要求她们自己记账,用完以后可以商量预支下个月的,但预支满两个月,就必须等待。三毛拿了钱,第一件事就是往建国书店跑,淘自己爱看的书。从东方的,到西方的,从儿童文学,到经典巨著,国内国外,天上地下,无所不包。

《红花侠》、《三剑客》、《基督山恩仇记》、《堂·吉诃德》、《飘》、《简·爱》、《琥珀》、《傲慢与偏见》、《咆哮山庄》、《雷绮表姐》、《复活》、《罪与罚》、《死灵魂》、《战争与和平》、《猎人日记》、《安娜·卡列尼娜》……等到三毛上初中时,她已经用租书的办法,几乎看完了市面上所有的世界名著。

女人的美丽,不在乎她的容貌,而在乎她的阅历、学识、涵养和气质。现如今,有多少女人忙着穿衣打扮,忙着乘宝马、买LV,忙着钓"金龟婿",却不知,民国的台湾,一个十几岁的小女孩正孜孜不倦地沉浸在书海中,像一块饥渴的海绵,贪婪地汲取着书本中的知识。

阅读,让三毛内心变得丰富,眼界变得开阔,她有了自己的思想和人生观、价值观,还有对事物的独到见解。就像一只蝴蝶,展开炫丽的双翅之前,一定要经历从虫到蛹再破蛹而出的蜕变。

从那时起,三毛逐渐明确了一件事情:文学的美,终其一生,将是我追求的目标了。

她不再是一个对老师唯唯诺诺的小女孩了。她就像一个行走在正常人边缘的"异类",哪怕自己因此受到嘲笑,受到伤害,也不肯循规蹈矩,不肯轻易低头。

第三章
叛逆——逃学少年

她背靠墙站在那里。说是站,其实是不规矩的。两只脚呈八字向外微翘着撇开。哦,不是八字,两只脚分明与墙角线平行。她瘦削的身体,套在一件短袖格子裙里面,缩着双肩。细瘦的胳膊和腿,似乎弱不禁风。但她的眼神是冷漠、抗拒甚而凌厉的,放射着叛逆的光。

——评三毛少年时期的一幅照片

三毛进入台北国民小学以后第一次遭遇挫折,在于她的不知天高地厚。

开学第一天,国文课本发下来以后,三毛请母亲包好书皮,并且把所有课文都大声朗读了一遍。有不懂的字,都已经请教了母亲和姐姐,于是课本对她再无半点吸引力。三毛跑去跟老师说,国文课本怎么不编深一点,把小学生当傻瓜一样对待。老师听了,对她一通大骂。

没有哪个小孩子敢这样跟老师讲话,而且口气如此之大。除了三毛,还真找不到第二个人。

在大姐陈田心的记忆中,三毛上小学时就叛逆,一般的学生受体罚都不敢反抗,唯独她就是不接受,对一切循规守律的事都觉得很累,"她的思想就比我们复杂,家里只有三毛一个人敢打破传统。她的自尊心也很强,说不愿上学就不愿上学,真的不去。"

之前交代过,三毛从小就有"捡破烂"的习惯,所以,有一次,当老师再一次点自诩"最拿手的便是作文和美术"的三毛站起来朗诵作文时,三毛捧起簿子大声朗读起来:"我的志愿——我有一天长大了,希望做一个拾破烂的人,因为这种职业,不但可以呼吸新鲜的空气,同时又可以大街小巷地游走玩耍,一面工作一面游戏,自由快乐得如同天上的飞鸟。更重要的是,人们常常不知不觉地将许多还可以利用的好东西当做垃圾丢掉,拾破烂的人最愉快的时刻就是将这些蒙尘的好东西再度发掘出来,这……"

结果,老师飞过来一只黑板擦,打到了三毛旁边的同学,一边大吼:"什么文章嘛!"还命令三毛一个人留下来重写,别的同学可以下课。

第二次,三毛写"我希望做一个夏天卖冰棒,冬天卖烤红薯的街头小贩",又被老师打了个大红叉。直到三毛改成"我长大要做医生,拯救天下万民",老师才给她批了个甲。

一只打偏了的黑板擦和两次重写的处罚,并没有熄灭三毛内心的信念。她仍然还会"捡垃圾",并且越拾越专门,形成她骨子里根深蒂固的习惯。

十岁多时,小学生三毛经历了人生第一次朦朦胧胧的"恋爱"。至少,在那时,她以为她是爱着他的。

那是在学校的同乐会上,因为出演话剧《牛伯伯打游击》,三毛饰演的"匪兵乙"暗恋上了饰演"匪兵甲"的一个小男生。在那个男生和女生都禁止说话、禁止一同上课的青涩岁月里,她和他一同蹲在一条长板凳上,一同默数 17 个数字,等到牛伯伯出现,从黑色的布幔后面一同冲出去大喊:"站住!哪里去?"两个人虽然互相没有开口说一句话,却那样有默契。布幔后面的男生,凸凸凹凹的大光头顶上,一圈淡青色的微光时隐时现。三毛的心中充满了神秘而朦胧的喜悦,每晚睡前反反复复祷告某一日长大,要做那个人的妻子。

同乐会后,三毛考试不及格,被老师追问原因,也说不出来,只是哭。同学们在她上学经过的墙上涂上字，说牛伯伯和匪兵乙谈恋爱，一大群男生还奚落她："不要脸，女生追男生。"三毛气急，冲上去和男生大打一架，而最终，三毛最初的爱恋就这样随着毕业无疾而终。

当年六年甲班的匪兵甲，成了纪念册里的一个甜蜜而疼痛的记忆，多年后再看，仍像"平白被人用榔头敲了一下似的莫名其妙"。

三毛四年级的时候，曾经因为被疯牛追赶，和一个哑巴炊兵相遇，并且成为朋友，建立了一段忘年之交。三毛当他的小老师，教他写字，给他话梅，和他一起坐跷跷板，而哑巴炊兵则帮她背书包，提值日生去厨房取的滚烫的开水，给三毛割芭蕉叶作课桌的垫板。然而，两个人纯洁的友谊却被老师生生掐灭。在老师心中，一个年轻的哑巴对一个九岁的孩子不可能有纯洁的友情，哑巴兵一定是对三毛存了不轨的心，于是对两人的交往横加阻拦。

哑巴炊兵随部队开拔前，不顾一切冲进教室，送给三毛一大包牛肉干和一张联络字条。结果字条被老师无情地没收，而那一大包在当时的孩子眼中贵重如金子般的牛肉干，被老师当面喂了狗。

那是三毛第一次负人。许多年过去，这件事一直积压在三毛的心底，每每想起，仍不能释怀，深深谴责自己当时的懦弱，悲不自禁。

十一岁那年，由于三毛入学早，初中联考前两年，小小年纪的她每天清晨五点半就要忍着睡意起床，然后深夜十一时离开学校，回家以后还要做一百道算术题，每天刚合眼没多久，就又要起床重复这样的日子。

"回想起小学四年级以后的日子，便有如进入了一层一层安静的重雾，浓密的闷雾里，甚而没有港口传来的船笛声。那是几束黄灯偶尔挣破大气而带来的一种朦胧，照着鬼影般一团团重叠的小孩，孩子们留着后颈被剃青的西瓜皮发型，一群几近半盲的瞎子，伸着手在幽暗中摸索，摸一些并不知名的东西。"——三毛《蝴蝶的颜色》

因为渴求长大，长成像老师那样，可以穿高跟鞋、窄裙、花衬衫、戴项链、涂口红，三毛在课堂上发呆，被老师一个黑板擦打过来，满脸都是白粉，当下捂着脸跑了出去。

三毛靠在校园中的一棵大树下，第一次，想到了死。

1954年，三毛进了台北省立女子中学。虽然那是台湾最好的省女中，但是三毛一点都不开心。因为原本放榜的时候，因为联考分数弄错，榜上并没有三毛的名字，父亲原本是送她去念静修女中的。静修女中比省女中分数要低一些，而且学校老师也很尊重学生，新生训练的时候穿过马路带学生去操场玩，不仅不凶学生，还管三毛和其他的女学生叫小妹妹。

一想到进入省女中后的种种，三毛感到愁云惨淡，前途叵测，她总是朦朦胧胧预感，将会有什么不好的事情降临在自己的头上。

上了初中以后，三毛越发沉迷于小说，连坐公交都要抱着司机先生身后的那根杠子，看那些被国文老师骂为"闲书"的东西。着迷看小说的结果是，初一名次中等，倒没有留级。但是到初二第一次月考时，她有4门功课不及格，数学成绩尤其糟糕。

在羞耻心的激励下，三毛强迫自己收了心，凡课都听，凡书都背，连数学题都一道道背下来，结果三次数学小考都得了满分。

老师怀疑三毛作弊，单独给了一张考卷让她做，那张考卷和其他同学的都不一样，有很多三毛从没见过的方程式，结果可想而知，三毛一道题没有做出来，当场吃了一个鸭蛋。

在全班同学面前，这位数学老师拿黑墨在三毛眼眶边画了两个圈圈，并令她到走廊里走一圈。所有的同学都在哄笑、尖叫，这深深刺痛了三毛的心。

几天以后，站在"总统府"广场的对面，面对学校米黄色的平顶，三毛在内心发出了一声叹息："这个地方，不是我的，走吧！"于是背着书包，开始了她的逃学生涯。

逃学，在每个人的学生时代，可能都曾经经历过。大多数人逃学

第一卷　雨季不再来

是为了玩乐，为了逃避枯燥的学习，而三毛逃学，却是为了读书。

"我到底是在干什么？我为什么没有勇气去追求自己喜爱的东西？我在这儿到底是在忍耐什么？"三毛一再地想，一再地问自己，最终，她为自己喜爱的东西作出了选择——离开学校，离开那个扼杀她的天赋，令她痛苦和窒息的地方，勇敢去追逐自己的梦想。

这是一个十二岁的初二学生为自己的命运所做的选择。

谁能说，当年三毛在学校遭遇的羞辱，于她不是一件幸事呢？如果没有那些痛彻心扉的经历，或许，就不会有今天的三毛。苦难是一座大学，它教会你如何直面人生，在最深切的痛里，开出最娇艳的花朵。三毛，就是那朵不死的太阳花。

第四章
自闭——墓园中的阅读

"墨汁涂面"事件之后,三毛没有掉一滴眼泪,还假装若无其事地上了几天课。没有谁知道,此时,在她饱受凌辱的幼小心灵里,有着怎样艰难的忍耐和本能的抗拒。

终于,有一天,当她站在"总统府"广场的对面,望着学校米黄色的平顶,她停下了脚步,看一眼校门,叹息一声,转身背着书包,坐车去了六张犁公墓。

六张犁公墓是北投陈济棠先生的墓园、阳明山公墓、市立殡仪馆附近一片没有名字的牧场,这些孩子惧怕、大人忌讳的地方,却成了三毛最喜欢、最愿意停留的地方,虽然逃学去坟场一点也不好玩,下起雨来更是苦,但是,"世上再没有比跟死人做伴更安全的事了,他们都是很温柔的人。"墓园,给了三毛一个安静的环境,在那里,她可以用心看书,不必担心被打扰,更不会有老师的奚落、责骂和羞辱。

逃学去墓园看书的那段时光,成了三毛学生时代最宁静、最美好的一段时光。那段时光完完全全地释放,自由自在地念自己喜爱看的书,那才是生命中最好的享受。

聪明的三毛旷课两三天,便去学校坐一天,老师看见她了,再失踪三五天。

从逃学那时起,三毛开始有意识地存钱买书。她差不多从不吃饭,所有从母亲那里得来的饭钱都被她用来买书。生平第一本自己出钱买下的书，是去牯岭街旧书店买的上下两册的《人间的条件》，然后是《九国革命史》、《一千零一个为什么》、《伊凡·傅罗姆》……三毛读书的速度很快，在墓园读书，领悟力似乎增强得更快一些，兴趣爱好也更广泛了。

那时候三毛家中还没有装电话，校方跟家长联络起来并不很方便。但是不久，学校寄了一封信给家长，三毛逃学的事情，终于到了落幕的时候。

陈嗣庆夫妇都是很有涵养、有耐心和爱心的人，他们没有责备这个逃学少年，而是宽容地默许了三毛的选择。

其实，因为读书太过用功，连《资治通鉴》这样生涩的历史、哲学书都能"生吞活剥"，十二三岁的三毛头发就已经白了。对这个与众不同的"怪"小孩，家里所有人必须以不一样的方式，温柔对待。三毛休学一年，没有人说过一句责备的话。父亲看到她也只是叹气，并不多说什么。

第二年开学，父母亲鼓励三毛继续学业，他们再次为女儿注册，送她上台北第一女子高级中学。三毛不忍心让可怜的母亲失望，因为她是那样眼巴巴地默默哀求着自己走进教室，再依依不舍离去。但是，总有一个声音在三毛心里狂喊："母亲，你再用爱来逼我，我要疯了！"

只坐一节课，三毛就抓起书包冲出校门。那时候她胆子大了，不再上坟墓，而是跑到省立图书馆去，在那里一天啃一本好书，常常看得放学时间已过，都忘了回家。

继续上学已经毫无意义。到了初二下学期，父母亲终于不再心存幻想，给三毛办了休学。而这一休，就是七年！一瓶墨汁、一支毛笔、两个墨汁黑眼圈，当年那个残忍的数学老师，就是这样，亲手把一个生鲜活泼的小女孩关进了只属于自己的内心世界。

休学后的很长时间，三毛就像一个修女，衣着灰黑，不与家人同坐一桌吃饭，因为姐姐们在饭桌上谈论学校的人和事，每一句，对她都不啻一种刺耳的声音，击打着她脆弱而敏感的灵魂。她给自己的房间加上了铁窗，门内外加了锁，高兴时把它们打开，不高兴时就把它们全部锁起来。晚上，她不敢开灯，一个人瑟缩在墙角，惊恐地听屋外风的号叫。

在休学的最初那段时间，三毛病了，而且病得不轻。她总觉得有一个叫"珍妮"的人钻进了她的身体，占据了她的灵魂。她仓皇逃离，却掉进了田野里的一条小沟。被好心的农人发现送回来以后，三毛拒绝配合治疗，骂走了医治她的医生。父亲陈嗣庆不得不请从小为三毛看病的张伯伯每周二、周五来给她打针。

但是终于，在极度的恐惧和自卑中，三毛还是割腕自杀了。虽然被及早发现，但是从此，她对自杀却仿佛有了很大的好奇心，似乎是上了瘾。死亡这个概念，总是萦绕在她的心头，挥之不去。

割腕，大抵是需要极大的勇气的吧？当锐利的刀锋划破静脉，一股股殷红而温热的鲜血流过手掌，胆子小的人看了，应该是会晕厥的吧？如果不是痛苦积累到一定程度，我想，任谁都不会选择割脉自杀吧？

"回想起来，少年时代突然的病态自有它的原因，而一场数学老师的体罚，才惊天动地地将生命凝固成那个样子。这场代价，在经历过半生的忧患之后，想起来仍是心惊，那份刚烈啊，为的是什么？生命中本该欢乐不尽的七年，竟是付给了它。人生又有几个七年呢！"——三毛《蓦然回首》

三毛阅读《红楼梦》的时候，曾数度流泪，恍惚不知身在何处。尤其是看到贾政泊船客地，猛见岸上宝玉光头赤脚向他走来，双手合十倒身跪拜，又高歌而返，三毛人在课堂，魂已不知去踪。《红楼梦》里"人生有若一场尘缘,来到世间造下一段孽缘,荒唐悲辛,不觉其中。生命终了便是好了,了即是好,好即是了",三毛十分认同,对"死"、"了"、"解脱"一类的说法笃信不疑。

为了让女儿走出自闭的阴影,每天黄昏,父亲陈嗣庆与三毛同坐在藤椅上,给她讲解《古文观止》,再命她背诵。在英文方面,三毛陆续看了奥·亨利写的《浮华世界》、《小妇人》、《小男儿》等故事书。母亲也会给她带英文的漫画故事书,有对话,有图片,有趣而浅显,像《李伯大梦》、《渴睡乡的故事》、《爱丽丝梦游仙境》、《灰姑娘》这些中文早已看过的书,同英文一面学一面看,三毛的英文就慢慢会了。

那些黄昏,面对面坐在藤椅上,父亲和女儿共读一本书的情形,多年以后再想起,陈爸爸的内心是不是仍觉无比温馨?以为岁月静好,现世安稳,却不知,那个饱读诗书的女儿,有朝一日会义无反顾离开家,为了梦中的橄榄树,流浪远方。如果可以,时光啊,你是否可以短暂停留,让我再回到那一段,父女二人平起平坐、温柔对话的美好时光?

休学在家的三毛,不再有被迫进教室的压力,心情反而一下子轻松了许多。她用每一年的压岁钱,给自己买了一个美丽的竹制书架,又陆陆续续买了很多书。一年后,竹书架早已满了,父亲不声不响替三毛在长沙街做了一个共有五层的美丽书橱。三毛买书的欲望很强,台湾的书买不够,去香港买,香港买不满足,又去日本买。三毛每年一度的压岁钱和每周的零用钱,就这样全部送给了书店。等到十五六岁的时候,她已经成了完完全全的书奴,不但书橱塞满了书,房间里桌上、桌下、床边、地板上全都是书。除了书,还有那些她用来装饰房间的破铜烂铁。

直到离家之前,三毛一直以书为伴,书籍就是她最忠实的伙伴。

她沉浸在书里的世界，游离于现实世界之外。等到离开了家，进入了真真实实的生活，也离开了书籍，那些沉重的大书架，不知不觉中早已化为了她的灵魂和思想，深深植根在她的身体里。

那些书本带或者不带在身边，早已不重要。"台上一分钟，台下十年功"。一旦机缘和功力到了某个程度，曾经的积累自然而然厚积薄发，就如洪水之倾泻，一发不可收拾。

第五章
自拔——用绘画疗伤

休学以后的三毛，终日忧闷而不快乐。她被带去看医生，结果，医生给她测的智商仅有60分，接近于低能儿水平。

小小的三毛，属于她的天地，只是那幢日式的房子、父亲、母亲、放学归来的姊弟。但即使是这些人，她也绝不主动去接触。向街的大门，对她也没有任何意义，因为，街上本没有她可走的路。

三毛唯一的活动，就是在无人的午后绕着小院的水泥地一圈一圈地溜冰。

轮式溜冰鞋，在水泥地上，滑出刺啦刺啦刺耳的声音，单调而乏味。那个转不出圈子的少年，把所有的心事都锁进了这个小院，沉默无语。

初休学的时候，陈嗣庆曾经把三毛转进美国学校，又送她去学插花、学钢琴、学国画。而这些苦心全都不成功，没有哪一件事情，能让三毛走出自己的枷锁。父母用尽一切爱心和忍耐，却找不出三毛自闭的症结，一周一次的心理治疗只有令三毛反抗更重，后来，三毛就再也不出门了，直到姐姐生日那天，三毛"遭遇"了一幅画。

三毛其实对美术，终其一生是挚爱的。她对美术的爱，最早萌芽在小学。

那天，三毛照样倒挂在单杠上，一直挂到流鼻血。当她用袖子擦鼻血的时候，一个驻扎在三毛学校里的部队军官偶然路过，看到这情形，便让三毛随他去大礼堂后面的房间，用毛巾擦一下脸。军官给她擦脸,三毛站着不动,也就在那一霎那间,她看到他的三夹板墙上,挂了一幅跟报纸差不多大的一幅画,画中,有一张天使般焕发着一种说不出有多么美的女孩子的脸。

那内心的震惊,就如三毛在《一生的爱》中所描述的一样,"就如初见杀狗时所生出的激荡,澎湃出一片汪洋大海,无法用任何言语来替代……就像一场惊吓,比狗的哀鸣还要惊吓。"那种惊吓,是画面的美带来的。透过这幅画,三毛第一次明白了,什么是美的真谛。

三毛看的第一本画册,是二堂哥陈懋良给他看的,西班牙大画家毕加索的平生杰作。

陈懋良当时与三毛一家同住,因为他的父母亲要去香港一段时间。上高中时,陈懋良爱上了音乐,他立志要做一个作曲家,不肯再上普通学校,并且当着三毛父亲的面撕掉了学生证。大人们只好忧心忡忡地顺着他,把他送到萧而化老师那里,做了私人的学生。后来,陈懋良真的实现了自己的儿时梦想,成为了一名作曲家。

三毛初二时,也步二堂哥后尘,休学了。两个休学的孩子在一起,就像两匹黑羊,成为好朋友,常常在一起研究音乐和美术。

当三毛看到毕加索的画以后,惊为天人。"嗳!就是这样的,就是我想看的一种生命,在他的桃红时期、蓝调时期、立体画、变调画,甚而后期的陶艺里看出了一个又一个我心深处的生命之力和美。"毕加索的画风和梵高明显不同。梵高的作品充满了阳光下的鲜艳色彩,那些向日葵在他笔下闪耀着金黄色的耀眼光芒。而毕加索总是用色调布满整块画布,尤其他的蓝调时期,画中几乎所有的故事和人物都是蓝色的,连太阳都散发着蓝幽幽的光,显得阴郁而寂寞。

或许,正是因为同样的阴郁和寂寞,三毛一看到毕加索的画,就疯狂地爱上了他。她对自己说:将来长大了,去做毕加索的另一个女人。她把毕加索在法国的古堡图片看了一遍又一遍,生怕自己长不快,生怕毕加索不能等,一定要急着长到18岁,请他留住,不要快死,直到她去,献身给他。

回到三毛姐姐生日的那天。生日会上，一个叫陈骕的男孩趴在地上，为大家画了一幅骑兵队与印第安人惨烈战役的战争图。三毛没有挤着去看，当大家全都到院子里的时候，一个人偷偷拾起那张画，悄悄看了个够。

后来，陈骕告诉她，他师从顾福生学油画。

在台湾，稍微关心艺术的人都知道"五月画会"。画会的名字灵感来源于巴黎的"五月沙龙"，是1957年台湾画家刘国松与台湾师范大学美术系校友一同组成的画家协会，也是台湾艺术史上重要的画会之一，固定在每年五月举办画展。在20世纪60年代，"五月画会"以大胆的画风、主张自由的绘画题材、概念、绘画方式等成为台湾现代绘画的前卫团体，当时仅有另一个组织"东方画会"能与之比拟。刘国松、顾福生、黄显辉、李元亨、韩湘宁……那些家喻户晓的大画家，对当时的三毛来说，无异于远天的繁星，可望而不可及。

然而，想都不能想到，因为这幅画的神秘牵引，三毛被介绍去做了"五月"的学生。

第一个老师，就是顾福生。

长期闭门不出，三毛很惧怕走出大门，去迎接一段新生活，第一回约定的上课日就把自己锁在家里不肯去。母亲打电话去改期，三毛一个人趴在床上，静静地撕扯枕头套里的棉絮。

终于站在泰安街二巷二号的深宅大院外，三毛犹犹豫豫按响了门铃，然后拼命克制自己那份惧怕的心理，告诉自己：不要逃走！这一次，无论如何不要再逃了！

穿过杜鹃花丛的小径，三毛被领到大房子外另筑出来的画室，进入了满墙满地都是油画的房间。三毛背对房门静静站着，背后纱门一响，她不得不回首，那一刻，她看见了后来改变了她一生的那个人。

有些人，对自己，是没有语言也没有文字可以表述的。直到许多年过去,半生流逝之后,三毛才敢讲出初见恩师的那一次"惊心动魄"。如果人生有什么叫做一见钟情,那一霎间,三毛的确经历过。那件鲜明的正红V领毛线衣,就在黄昏下台北泰安街那条巷子里发出夺目的光,成为一种寂寂永恒。

顾福生知道三毛没有进学校念书,因此他表现得十分自然,没有进一步追问。三毛第一次作画提笔半天也画不出来的时候,老师温和地接过她手中的画笔,给她作示范。三毛没来由地接受了他——一个温柔而可能还了解自己的人。但是,无论三毛付出了多少的努力和决心,笔下的东西仍不能成形。在跟那些素描挣扎了两个多月之后,原本自卑的三毛变得更加神经质,她开始渴望长门深锁的日子,躲在锁的后面,没人能看出她的无能,起码那还算是安全的。她的歉疚日日加深,终于忍不住开口对老师说:

"没有造就了,不能再累你,以后不要再来的好!"

听了三毛的话,顾福生深深看了她一眼,微微笑着问:"你是哪一年生的?"

三毛答了,他又慢慢地讲:"还那么小,急什么呢?"

"你还那么小,急什么呢?"慢悠悠的一句话,竟让三毛伏在膝盖上,哭了个稀里哗啦。

遇见顾福生,真是三毛一生的转折点。在那么没有天赋的学生面前,顾福生从没有讥笑、打击,反而付出了无限的忍耐和关心。他从来没有流露出一丝一毫的不耐,甚至于在语气上,都是极温和的。

他开始疏导三毛的情绪,不给她钻牛角尖,画不出来,停一停,带她去看自己的画作。那些苍白纤细的人体,半抽象半写真的油画,给了三毛很大的启发和感动。

"下次来,我们改画水彩,素描先放下了,这样好吗?"送三毛出门的时候,顾福生突然说了这句话,用尊重的、商量的口吻。临走,他还拿了一本《笔汇》合订本和几本《现代文学》杂志,让三毛带回家去看。

在累得几近虚脱的阅读里,三毛看到了陈映真写的——《我的弟弟康雄》。那一刻,她的心像极了胀饱了风的帆船,又是欢喜,又是兴奋——原来自己并不寂寞,原来世上有那么多似曾相识的灵魂啊!

就像一把生锈的古锁,被一把锃亮的钥匙,轻轻一捅,啪,开了!寂静的院子里,你清楚地听到锁心打开时那清脆的回响。

再见老师的时候,三毛说了又说,讲了又讲,问了又问,像是完全换了一个人。

顾福生靠在椅子上,微笑地看着三毛,眼里却露出了欣喜。

"今天画画吗?"他笑着问。

"好呀!你看我买的水彩,一大堆哦!"三毛热情地回答。对着一丛剑兰和几只水果,她刷刷刷下笔乱画,自信心来了,画坏了也不在意,只管大胆上色,背景是五彩的。

那是三毛进画室的第三个月。活泼了的心、突然焕发的生命、模糊的肯定、自我的释放,都在那一霎那间有了曙光。

那曙光,是顾福生给的。

三毛在画一只水瓶的时候,顺口喊了一句:"……我写文章你看好不好?"

"再好不过了。"顾福生答道。

于是,三毛回去就真的写了,认认真真地写了誊了,交给了老师。交完以后,那份去不掉的自卑心又开始作祟,打败了没有自信心的自己,三毛不敢见老师,又谎称病逃了课。

再去画室,顾福生淡淡说了一句:"你的稿件在白先勇那儿,《现代文学》月刊,同意吗?"

那一句轻描淡写的话如同雷电,击在三毛身上,她已经完全麻木了。白先勇、《现代文学》,那些曾经她想都不敢想的名字和事物,如今,神话一般,竟也和他们有了一星半点的联系,自己写的习作,竟也将变成铅字印在上面,哦,这该是多么令人惊喜的一个礼物啊!对别人,这或许是一件小事,对当年的三毛,却无意间种下了那颗一生执着写作的种子。

一个将自己关了将近四年的孩子,一旦给她一个小小的肯定,都是意外的惊惶和不能相信。在长长的等待中,三毛感觉自己煎熬得几乎都要死去。

当她从画室捧着《现代文学》跑回家,几乎是狂喊起来:"爹爹!"好似要喊尽过去永不说话的喑哑灵魂一般。

三毛,一个曾经的喑哑灵魂,虽然在绘画方面屡屡挫败,却在"有如教育家"的顾福生老师点拨和提携下,在另一片文学的天地里,收获满怀。就像一颗沉寂已久的种子,在阳光雨露中慢慢苏醒,发出一点嫩芽,抽出两片绿叶,一点一点,缓慢但却执着地向着蓝天生长。

当年的那间画室,将一个不愿开口,不会走路,也不能握笔,更不关心自己是否美丽的少年,滋润浇灌成了夏日第一朵玫瑰。而顾福生,就是玫瑰园里那个提壶浇灌的园丁。

三毛其实早在小学就已经显露出写作的天赋,直到初一初二都是满篇红彩——整篇文章被老师用红圈圈一路陪伴到底,尚加"优极"评语。她的作文永远被贴上壁报,"省际演讲比赛"的讲稿也都是自己动笔,不须老师费心。她还制作了"手抄本"小说,在同学间广为流传。老师常常一上作文课,就会说:"三毛,快快写,写完了站起来朗诵。"

1962年,休学中的三毛交给老师的习作《惑》,被顾福生介绍给白先勇先生的《现代文学》,刊登在这份著名月刊的第十五期,时间是1962年12月20日。这是三毛第一篇刊成铅字的作品。那时候,《现代文学》出的一批作家,有写小说的王文兴、欧阳子(洪智惠)、陈若曦(陈秀美),有诗人戴天(戴成义)、林湖(林耀福),有翻译家王愈静、谢道峨、何欣,有后来在美国成为学者的李欧梵,成为社会学家的谢杨美惠等等,几乎每一个都堪称大家。三毛稚嫩的作品与这些大家的作品一起印成了铅字,端端正正地放在杂志摊上,等着别人掏钱来买,这份骄傲和幸福的滋味,旁人是无论如何也体会不到的。

后来，三毛又幻想了一个爱情故事《异国之恋》，悄悄试投给一家报社，过了不久，竟也刊了出来。再投《皇冠》，小说《月河》也发表了。还有发表《极乐鸟》的《人间》、发表《雨季不再来》、《一个星期一的早晨》的《出版月刊》、发表《秋恋》的《中央》。

实在要感谢那些只论文采不论关系的编辑，认同了一个花季少年的文字。倘若放在如今这个唯利是图的社会环境，三毛的命运，那刚刚好不容易建立起来的自信，会不会被轻易扼杀呢？

那一年，三毛给自己取了一个名字——Echo。一个回声。希腊神话中，恋着水仙花又不能告诉他的那个山泽女神的名字。

学画第十个月，等其他同学全都散了，顾福生告诉三毛，再过十天，他就要远行巴黎，以后不能教她了。

那第一秒反应，三毛闭住了自己。在她心中，原本以为，跟着老师画画，这就是生命的全部。

而终于，无论三毛如何不情愿，顾福生老师还是登上了"越南号"，远赴巴黎。那艘大轮船，同时也载走了三毛失落的心。她曾经偷偷写过好几张纸那么厚的信想交给他，终是交不出而撕掉。

顾福生临走前，认认真真的，把三毛托付给了韩湘宁——一个三毛称之为"小王子"的人。

韩湘宁是个活泼明朗的人，纯净的个性里面，不乏睿智敏捷。如果说，顾福生老师寂泊而又极精致，他第一个进入三毛的生命，像一道闪光，深刻、尖锐、痛楚地直刺人心，激起了三毛生命里最自拔不了的迷茫，那么，韩湘宁老师就像五月早晨的微风，透着明快的凉意，他使三毛看见了快乐，并将心中的快乐传染给了其他人。

韩湘宁老师的教学方法很动态，把学生往外引，推动她们去接触一个广泛的艺术层面，带三毛一帮学生去看别人的画展，带她们出去写真，还听演讲、看舞台剧和电影，带给学生无限生动又活泼的日子。他本人很爱讲话，嘻嘻哈哈，很有玩心。总是穿着鲜亮的白衬衫,像极了童话中的小王子。

这个不带长围巾的小王子也有发脾气的时候。一次,韩湘宁外出办事,回来见三毛的素描又是一塌糊涂,什么话也没说,拿起石膏像就往地上摔,三毛赶紧蹲下身子去捡那一地碎片。但其实,她的心里却是不怕的,因为她知道韩老师——是假凶的。

韩老师的画,最感动三毛的,是一张白马图,大号的,很壮美,用的是淡褐加橄榄绿的背景色。

但就是这个快乐又单纯的小王子,有一天终于也要离开,奔赴美国纽约。

韩湘宁老师临行前,介绍三毛去了彭万墀的画室。那一年,三毛十九岁。

和顾福生的寂淡精致以及韩湘宁的快乐单纯不同,彭万墀老师在三毛眼里,是一尊"厚厚实实的塑像",给人的感觉那么刻苦、简朴、诚恳又稳重,扎扎实实的一个人,就像是一个苦行僧。第一次上课,他就亲自给学生作模特,左手垂着,右手五指张开,平摆在胸前,穿着一件质地粗糙,暗蓝色圆口大毛衣,不说话也不动,像石头一样。

在彭老师的画室,三毛头一次安安静静,认认真真习画。她不敢在里面发呆做梦、不敢嬉笑、不吃东西、不讲闲话,喜欢用一把调色刀一块一块上色,而不是用笔。在那里,她画了不少静物。

和前两位老师一样,彭万墀老师当年也是二十三四岁的年纪,可就是这二十三四岁的小老师,对学生却有着一股和他的年纪不相称的父爱,对朋友也是。三毛曾回忆道,他总是尽心尽意,"一种辐射性的能,厚厚的慈光,宗教般地照射着我们"。他"把内心不稳重的孩子脚底灌下铅,使我们步步踏实"。因为彭老师,三毛不再排斥那些粗瓶子和铁榔头,头一回感到分量的重要。

三毛今生,很多的第一次,就是在那段学画的时期获得。第一次文章发表,第一次结交朋友陈若曦(陈秀美)。第一次抛开素淡穿色彩鲜艳的衣服,来自顾福生老师;第一次看见白马,来自韩湘宁老师;第一次画画拿奖,来自彭万墀老师。

顾福生是一个转折点,改变了三毛的少年时代;白先勇,又无意间拉了三毛一把;而三位不同性格却同样负责任的美术老师,一点一点,把三毛从自闭的状态中向外拉,培养她的自信心,引领她挺直胸膛,擦亮眼睛望外面的世界。她不再是那个黄昏里在荒荒凉凉的松江路大水泥筒里钻进钻出自以为乐,看到白先勇慌不择路转身就跑的胆怯女孩。

是他们,像一站一站交替的接力棒,拯救了一个孩子的未来。

三毛是不幸的,三毛又是幸运的。生长在民国时期学术氛围浓厚的台湾,得遇如兄如父的三位恩师,为她已经偏离的人生航道点亮了灯塔,照亮了她前行的道路。

多年以后,三毛在她的书中这样写道:

"今天,能够好好活下去,是艺术家给我的力量,他们是画家,也都是教育家,在适当的时机,救了一个快要迷失到死亡里去的人。"

"我只有将自己去当成一幅活动的画,在自我的生命里一次又一次彰显出不同的颜色和精神。这一幅,我要尽可能去画好,作为对三位老师交出的成绩。"——三毛《我的三位老师》

第六章
文字——寂寞里燃烧的芳华

三毛师从顾福生老师学画的时候，顾福生曾把住在永康街的陈若曦介绍给三毛认识，促使她扩大交友圈。陈若曦，本名陈秀美，台湾知名作家，毕业于台湾大学外文系，美国约翰霍普金斯大学写作系硕士。1960年，她与白先勇、王文兴等同学一起创办了《现代文学》杂志，以写实小说闻名文坛，1989年又创建了海外华文女作家协会。

陈若曦1938年出生，比三毛大五岁。三毛十九岁那年，一幅油画在"海天画廊"参展，并且获了一个铜奖。陈若曦到三毛家里来看她，对她说，不要把自己一直关下去，总得要走出来。她劝三毛找台北中华文学院的创始人张其昀先生，做一名不拿学籍的选读生。

三毛听从了陈若曦的建议，抱着试试看的想法，给张其昀写了一封信，描述了失学经过，并言"区区向学之志，请求成全"。没想到，信白天刚寄出，晚上就收到了先生回信："陈平同学，即可来校报到注册。"

1964年，三毛去了文学院，她既没有选择父母亲心心念念期盼她选择的美术系，也没有选择教务主任和其他几位老师看了她发表的两篇文章后，希望她选择的国文系，而是出人意料地选择了哲学系。

没有人想得到她会选择哲学系。

她学哲学，是要弄懂一些东西，弄明白人生的意义。最后把生死看轻、看淡、看无。

在文学院，三毛与外号"西部"比本名何宗周还要响亮得多的国文老师结下了一段难忘的师生缘。

那时候三毛痴迷于西洋哲学和庄子,手边总是放着康德的《纯理性批判》主书和一百本以上形形色色的哲学副书。她一次也没有看过国文课本,包括上课时。上课时,她的心思全都交给了观察这个高个子老师的奇异装扮——"头戴巴拿马草帽、眼罩深黑色墨镜、口咬林语堂大师同类烟斗、足踏空花编织白色皮鞋、身穿透明朱黄香港衫、腰系松软烟灰青的宽裤,进得门来,嗳——的一声长叹"。三毛猜测,这种装扮的人,"必然有着那么一份真性情,也必然在思想上不流俗套、行为上勇敢果毅、生活上有所无奈"。总之,三毛非常乐意地接受了这位当时并不被人"自然视之"的国文老师。

因为国文期末考试三毛只得了58分,三毛需要补考。三毛去老师家,约定补考的形式由她来定,"西部"竟然笑着同意了。

五天后,三毛交了三篇作文。

寒假放完,再开学时,三毛在众目睽睽下,被"西部"叫到教室外面,问她作文写的内容是否是真的。

三毛低下头,细声说:"是真事情,家事而已。"

"西部"清了清嗓子,认真地、用一种接近严格的声音对三毛说:"好孩子,有血有肉有文章,老师不会看错人的。"他拔开烟斗,继续说:"老师多年不流泪,兵荒马乱也不流泪,看了你文章,哭——"

三毛一时愣了,突然讲了一句:"你神经哦……"

老师听了不生气,说:"不神经,你——你给我记住,你这支笔从此不要给我放下。记牢了?"三毛拼命点头。

再问分数,"西部"脸上笑容从心底散出来,带着一丝顽童的纯洁:"九十九分如何?"

正是这个九十九分,让三毛欣喜若狂,一个人跑进长满芦花的后山荒野,对着天空大喊:"西部万岁——西部万岁——西部外岁——噢——"那份痛快淋漓,是从来没有过的。

从那之后,三毛的创作欲望一发不可收拾。一年之后,她已经发表了7篇文章。

在那些寂寞成山的日子里,是那些炽热的文字,燃烧了三毛一生的芳华。

"生命有如渡过一重大海,我们相遇在这同一的狭船里。
死时,我们同登彼岸,又向不同的世界各奔前程。"——泰戈尔

数年后,三毛在国外定居,"西部"老师去世,孑然一身。三毛真希望能有人告诉她老师尸骨埋在何处,好在今生,能有机会去看看他。看看那个,为她的文章流泪的男子,给了她九十九分国文成绩的老师。但是,这个机会不会再有了,永远都不会有了。

至此,少年三毛已经实现了从蛹到蝶的华丽蜕变。曾经幼稚的、年少轻狂的梦,都在烟雨里烟消云散。她勇敢地从自闭中走出来,奔向一个光明灿烂的前程。这个前程,已经不再局限于小小的台湾岛。她要求学、要恋爱、要探索更远的、更广阔的世界——黄帝子孙以外的,洋鬼子的世界。

阳光洒向大地,雨季不再来。

第二卷 Chapter · 02

温柔的夜

"在这城市里,我相信一定会有那么一个人,想着同样的事情,怀着相似的频率,在某站寂寞的出口,安排好了与我相遇。"

——三毛

第二卷 温柔的夜

第一章
被爱——请原谅，那时候我还不懂爱情

> 她挥舞着轻柔的纱巾，在和煦的清风里回眸一笑。和少年时的叛逆不同，这时，她已经出落成一个亭亭玉立的大姑娘。就像小人鱼幻化出双足从海里走上陆地，那样妙不可言。一身雪白的连身裙，腰带束出纤细的腰身。明眸皓齿，巧笑嫣然。走出了自闭的阴影，她的天空从此云淡风轻。
>
> **——评三毛青年时期的一幅照片**

从自闭阴影中走出来的三毛，沉寂了七年的三毛，因为海量的阅读，因为父亲坚持不放弃的培养，三毛在这七年中，没有彻底荒废，反而积累了大量的知识。文学、历史地理、社会科学、音乐、绘画，每一样都小有建树。加上毫不造作的真性情，所以，跟一般的女孩不同，她的身上好像总有那么一股魔力，一种气场，把身边的人紧紧吸引在她周围。加之三毛又很会穿衣，她穿得清淡，不张扬，却不失大气。气质从容，温婉如水，显得女人味十足。

那一刻，她很风尘，也很美丽。

那一刻，追求三毛的男孩，纷至沓来。

三毛在小学里上演的《匪兵乙爱上匪兵甲》故事，那不过是孩童似的玩家家，做不得数的。时间一长，那个大光头顶的一圈青色的光就渐渐淡了。

等到三毛长到16岁的时候，她的仰慕者，各方面的男朋友不知

道从哪里都冒了出来。而她也很大方，在家中摆架子，每一个男朋友来接她，她都要向父母介绍，不来接她就不出去。这一点，父亲陈嗣庆深以为荣。

有一天，信箱里突然多了一封淡蓝色信封信纸的情书，给三毛的。从那时起，每个星期一封，那淡淡的蓝色从没中断过。过了好几个月，三毛终于在巷子里见到了那个写信的人——一个住在附近的大学生。偶尔三毛黄昏出门，那个男孩就恰好站在电线杆下，双手插在口袋里，温柔平和的眼神朝她望着。可是，三毛总是直直地走过他，总是走出好几步了，才一回头看他一眼。那些信，一封也没有回。

男孩两年后毕业，回香港前，给三毛写了一封很周详的信，香港父亲公司地址、家中地址、电话号码，全都写得清清楚楚。信末写着：

"我不敢贸然登府拜访，生怕你因此见责于父母，可是耐心等着你长大。现在我人已将不在台湾，通信应该是被允许的。我知你家教甚严，此事还是不该瞒着父母，请别忘了，我要娶你。如果你过两三年之后同意，我一定等待……"

这样一种坚持和守候，这一周一封的蓝信封，这样的深情款款和情真意切，换作别的女孩，应该早已感动流涕，春心荡漾了吧？可是，三毛那时正经过生命的黯淡期，休学在家好几年，对什么都不起劲，恋爱、结婚这种事情并不能激起她生命的火花，对这一个痴情的人，没有给予太多反应。后来那些蓝色信封由英国寄来，三毛始终没有回过一封。虽然那种期待的心情还是存在的，只是不很明显。

等到三毛进文化学院去做学生的时候，姐姐已经出落得像一朵花似的，三毛家门槛都要被上门提亲的人踏破了。姐姐看不上人家婉转谢绝的时候，媒人就会说："姐姐看不上，那妹妹也可以，就换妹妹做朋友好啰！"

第二卷 温柔的夜

三毛听了这种话,总是气得不行。做了半生的妹妹,衣服总是穿姐姐剩下来的,轮到婚姻也是"那妹妹也可以",好像妹妹永远是次级货的那种品味。所以,每一次人家求不到姐姐,来求妹妹的时候,三毛总是给他们骂过去,但是姐姐一说肯做朋友,三毛心里却总是想抢。

第二章
追爱——初恋，刻骨铭心

三毛被男孩追，她也追别的男孩。

三毛真正的初恋是在文化学院当选读生时开始的。男孩叫梁光明，是戏剧系二年级的学生，以前当过兵，之前还做过小学教师。才二年级，他已经出版了两本书，是学院的大才子。凡他所到之处，都会引来无数女孩关注的目光。他还有一个诗意的笔名，叫"舒凡"。

三毛很好奇，借了他的书回来看，立刻被他的文采震惊了。舒凡，就像一道光，照亮了她贫瘠的生命，她渴望亲近他，得到他，并且，痴痴地展开了追求。"如同耶稣的门徒跟随耶稣一样，他走到哪里我就跟到哪里。他有课，我跟在教室后面旁听；他进小面馆吃面条，我也进去坐在后面"。三毛简直成了他的小跟班，可是，两个人却从未搭上话，他对她也总是沉默。

就这样过了三四个月，三毛第一次尝到了饱受爱情煎熬的滋味。她刻意和他搭乘同一班公车，可是舒凡就像没看见她人似的，三毛只能默默地站在他身旁。

在追求舒凡的过程中，三毛一直没有放弃写作。她发表的文章越来越多，也终于创造了一次邀请同学聚会的机会。舒凡姗姗来迟，但并没有说多余的话。同学们都散了，三毛心灰意冷来到操场，却意外地发现远远的地方有舒凡的身影。三毛又惊又喜，慢慢走过去，拔出他衣袋里的钢笔，摊开他的手掌，在上面写下了家里的电话号码，然后哭着跑开。

下午，三毛没有去学校，她又紧张又兴奋地守在电话机旁边，期待着那个熟悉的声音打过来。终于，她等到了！她和他在台北车站铁路餐厅门口见面，开始了一段铭心刻骨的恋爱。

对于这场不顾女孩子家的羞涩，即使失败也不顾一切地追求，三毛是这样说的："在这样的年纪里，如果没有爱情，就是考试得了一百分，也会觉得生命交了白卷。我不管这件事有没有结局，过程就是结局，让我尽情地去做，一切后果，都是成长的经历，让我去，让我去！"

好一个"让我去"！同样在突如其来的爱情面前，有多少人能够像三毛那样勇敢去爱，就用尽力气去爱，大胆表白。又有多少人，把那份感情深埋在心底，独自品尝暗恋的苦痛无法自拔。又何苦呢？成，或者不成，总归要有个答案的。那人爱你，或者不爱你，总归会有个解释的。不爱，也不勉强。倘若那人恰好也是爱着你的，却一直捅不破那层薄纸，空留多少余恨！

忽然就想起《大话西游》里面那句经典台词："曾经有一份真挚的爱情摆在我面前，我没有珍惜，等失去的时候我才追悔莫及，人世间最痛苦的事莫过于此。如果上天能给我一个再来一次的机会，我会对那个女孩说三个字——我爱你！如果非要在这份爱上加一个期限，我希望是——一万年！"

非要等失去才追悔莫及吗？在爱情面前，三毛，真的像一个堂·吉诃德式的勇士，勇敢地冲锋陷阵，又像扑火之飞蛾，哪怕遍体鳞伤，也在所不辞。她用她的执着和坚持，唤醒了舒凡内心的感动和温柔。她打败了所有追求舒凡的女孩，成为最后的赢家。

她追到他了，却从得到他的那一刻开始，一分一秒地失去他。

她太喜欢他，视他为自己的生命一般重要。为了他，她可以做一切的事情，也可以为他放弃一切。十九岁的花样年华，爱得那么傻，那么痴。

她和他如胶似漆，每天一起读书，一起吃饭，一起散步，相守的日子总是那么美好，令人心醉。

舒凡虽然也诚心诚意爱着身边这个女子，但他是冷静的，不像三毛那么狂热，把感情那样孤注一掷。三毛的痴情和过分的依赖，甚至让他有点不堪重负。他累了，三毛也累了。在爱情的天平面前，这原本就是极不对等的付出。

终于还是到了要分手的时候。两年轰轰烈烈的恋爱过后，三毛进入大三，而舒凡则面临着毕业。三毛的心中充满了惶恐，她怕她的舒凡毕业之后，离开她的身边，慢慢就会将她忘却。她要他娶她，做他的妻子，好永远地拴住他，放心地一辈子和他在一起。

但是舒凡没有答应。他的拒绝，令三毛又难堪又毫无头绪。她想到了一个自以为很聪明的办法：申请出国。她以为这样做他会挽留自己，却没有料到，假戏变成了真唱。

"有没有决心把我留下来？"三毛问。

舒凡的眼泪扑簌簌往下掉，却没有给出最后的答案。

"祝你旅途愉快！"听到这样的话，三毛的心一下子掉到了冰河之底。绝望撕扯着她的心，把它撕成了块块碎片。带着这颗残破的心，三毛登上了飞往西班牙马德里的班机，陷进了自己给自己设的迷局。从此，开始了她一生的流浪。

那些曾经热烈的青春啊，在时间和距离面前，为什么就如此不堪一击？那些曾经的山盟海誓蜜语甜言，为何一朝就可以彻底抛开而不用负任何责任？说什么天长地久，说什么地老天荒，原来，全都是人生如戏里一句苍白的台词。

两年。八百个日夜。甜蜜的初恋终以分手告终。奈何情深缘浅，爱在错误的年纪，错误的地点，错误的时间。

"为什么要为你掉眼泪，你难道不明白是为了爱？要不是有情人要跟我分开，我眼泪不会掉下来，掉下来……"收音机里，那首《情人的眼泪》忧伤地唱着。有谁知道，在三毛心中，眼泪早已如决堤的洪水，泛滥成灾。

第三章
远行——飞出国门的女孩

　　她很爱笑。她穿着白色 T 恤，配可爱的背带裤，长长的黑发一左一右扎成两条小辫，骑坐在长椅上，侧身笑着望向你，露出一口洁白的贝齿，笑容温暖无邪。

——评三毛留学时期的一幅照片

　　1967 年，二十四岁的三毛离开了台湾，只身前往一个陌生的国度——西班牙。说陌生，其实也不陌生。这个国家，早已深深印在了她的心底，因为毕加索。那个曾经给了她的灵魂以极大震撼的伟大画家，那个她心心念念希望自己快快长大好嫁给他的男人。

　　去西班牙马德里大学文哲学院进修，是因为赌气，也是为了疗伤。三毛是个聪明女孩，既然恋情无法挽留，何不潇洒挥手，远离伤心地，去开始一段新的生活呢？再见台湾，再见舒凡，再见亲爱的爸爸妈妈，再见曾经的欢笑和泪水。澄澈的阳光，湛蓝的大海，美丽的大西洋，风情万种的西班牙女郎，激动人心的斗牛士舞曲，哦，亲爱的西班牙——我来了！

　　对于飞跃整个亚洲，抵达大西洋沿岸的西班牙，那个超文艺又超浪漫的国度，三毛曾经说过："我一直在想，是不是应该到那里看一次，然后把哲学里的苍白去掉。"所以，她选择哲学，不单纯是为了学哲学，而是为了去掉哲学的苍白，寻找人生的价值和意义，抚平内心的伤痛。

刚到西班牙，因为对西班牙文比较生疏，三毛几乎当了三个月的哑巴。但是她天资聪颖，人又勤奋，用功得死去活来，终于在恶补了半年后，通过了语言关，可以自由无阻地参观、交流了。她徜徉在哲学的天地里，简单、快乐、宁静。她扎着两条长长的小辫，一个清丽脱俗的艺术范儿女生，无拘无束地走在西班牙热闹的街头，穿行在艺术的长廊。

她喜欢去咖啡馆，喜欢跳舞、听歌剧，还受当地人影响迷上了吸烟。不过最爱的，还是去普拉多美术馆。

马德里的普拉多美术馆建于18世纪，被认为是世界上最伟大的博物馆之一，亦是收藏西班牙绘画及雕塑作品最全面、最权威的美术馆。每天中午上完文哲学院其他的课程，三毛就一路快跑回宿舍，为了下午三点的艺术课，她总是最快吃完午饭，趁着舍监不注意，溜出学校，一路奔往普拉多美术馆，成为第一个到馆的学生。

在那个"快乐得冒泡泡的美术馆"里，三毛认识了大画家哥雅、葛列柯、维拉斯盖兹和波修，当然还有许多许多台湾比较不熟悉的宗教画家。后来，艺术课上成了一种迷藏，学校的文史课都不肯去了，每天出了宿舍就往美术馆走。逃了其他课，去美术馆这个"大课堂"，听满头白发的陈列室管理员一幅一幅讲解那些名画，三毛的内心十分安然，丝毫没有罪恶感。

无可否认，三毛对艺术的那份狂热、吸收美术精华的那份天赋，是一般人无法比拟的。浸淫在这种教室，"闭上眼睛，画中人物衣服上哪一条折痕是哪一种光影才能出现在脑海里。也不止这些，这些是表相，而表相清楚之后，什么内在的东西都能明白。那份心灵的契合，固然在于那是一个快乐的教室，也实在算是用功，也算是一大场华丽的游戏"。

那份狂热，在1969年的夏天，三毛搭乘一个德国同学的车经过法国去西德的路上也得到了验证。为了去那个浪漫至死的巴黎，三毛节俭到虐待自己：只喝白水吃面包，只走路不坐车，只爬楼不坐电梯。当她精疲力尽地来到罗浮宫，看到蒙娜丽莎的巨幅画像，刹那间感受到一种摄魂夺魄的美。"那份静、美、深、灵，是整个宇宙磁场的中心"。虽然一天都没有吃饭，饿得头晕眼花，三毛还是忍不住，一次又一次排队去看蒙娜丽莎的画像。一直看到体内一切的"能"都被吸空，还是不忍离开。她的钱包是瘪的，物质是匮乏的，但是眼睛却是满的，精神是富足的。

因为对于美的极度敏感，三毛的一生做了一个相当寂寞的人。在那场华丽的游戏里，也在少年时代初见一幅少女画像、白马图、毕加索画册的惊艳里。

三毛离开台湾的时候，父母亲在机场拉着她难舍难分。他们担心这个没有用的草包，去了国外还不让人给吃掉。他们一再叮咛，让三毛记住中国人的教养，万一跟人起了争执，绝对不要跟人怄气，要有宽大的胸怀，吃亏就是占便宜。

一开始，三毛也是这么做的。住进"书院"的女生宿舍，三毛与同舍的三个外国女生和平相处，但是，时间长了以后，三毛成了宿舍里"勤杂工"，她一个人要铺四个人的床铺，负责整个宿舍的卫生，替她们收衣服、夜里开门、烫裤子、涂指甲油，甚至三毛那些漂亮衣服也成了公用品，随意穿在别的女同学身上，长时间不还。

三毛忍了半年。她一再地思想：为什么我要凡事退让？因为我们是中国人。为什么我要助人？因为那是美德。为什么我不抗议？因为我有修养。为什么我偏偏要做那么多事？因为我能干。为什么我不生气？因为我不是在家里。

三毛完全遵从了父母"吃亏就是便宜"的礼教，一味地退让，也不知如何改变。她自认没有做错什么，却完全丧失了自信。

终于，一件小事，让三毛"原形毕露"。

一天晚上，宿舍的姑娘偷了望弥撒的甜酒，统统挤到三毛的床铺上喝酒，嘻嘻哈哈耍酒疯。三毛抗议了几次都无效，结果被院长逮个正着。院长见姑娘们都坐在三毛床上嬉闹，不由分说用极难听的话大骂三毛，请她滚出去，还讲三毛在卖避孕药，骂她是个败类。

三毛惊得快要晕过去，赶紧分辩卖避孕药的不是她是贝蒂，但是院长根本不予理会，还说她是耍赖，请她闭嘴。

被冤枉的痛楚，还有积累了半年的怒火，让三毛彻底疯狂了。她抄起走廊上的扫把，对着一帮同学劈头盖脸打下去。她被人从后面抱住，立马回头给人家一个打耳光，踢了面前一个女孩的胸部，还抓起一个大花瓶，对着院长泼过去，花瓶里的水泼了院长一身。所有的怨气，都在这一刻被彻底发泄。她不再要做个好人，跟这帮欺善怕恶的洋鬼子，必须用武力来反抗！

"战争"之后，三毛既不道歉，也不忏悔，冷冰冰地对待这群"贱人"，宿舍里的空气僵了很久。借去的衣服还回来了，三毛的床铺有人铺了，下雨有人替她打伞，有人替她留早饭，三毛故意在宿舍放京剧唱片，也没人敢做声。

一个月后，院长请三毛到那个一向被称为"禁地"的美丽小客厅里，请她喝酒，吃点心，向她道歉。"黄帝大战蚩尤"第一回合，三毛完胜。只不过，这样子取得的胜利，未免有些别扭。有教养的人，在没有相同教养的社会里，反而得不到尊重。一个野蛮的人，反而可以建立威信，真是颠倒黑白啊！

"我是一个像空气一样自由的人，妨碍我心灵自由的时候，绝不妥协。"那些金发碧眼的假洋鬼子，妨碍了三毛心灵的自由，三毛选择了奋起抗争，即使是权高位重的院长也不例外。这个黑头发黄皮肤的东方女孩用行动赢得了别人的尊重和敬畏，为此后愉快的留学生活扫平了道路。这是她靠自己的实践经验争取来的，和父母的教育无关。

第二卷 温柔的夜

似乎三毛的骨子里，一直流淌着崇尚自由、不甘屈辱的热血。她认为，正是因为中国人太放不开的民族谦让观念，无意间纵容了外人。是因为我们自己先做了不抵抗的城市，外人才能长驱直入。她不再去想父母叮咛的话，宁愿做一只弄风白额大虎、跳涧金睛猛兽，在洋鬼子不识相的西风里，做一个真正黄帝的子孙。

再次发起战争，是因为一个金发冰岛女人。

1969年，三毛结束马德里大学文哲学院的学业，申请到德国柏林自由大学哲学系就读。分给三毛的宿舍是走廊的最后第二间，那个冰岛女人住在她隔壁，不但对三毛很冷淡，而且还隔三差五在房间开狂欢会，音乐放得震天响，男男女女在房间尖叫、在共同的阳台裸奔追逐。

那时候，三毛因需要在一年内拿到高级德文班毕业证明，才能进入自由大学念哲学，所以在"歌德学院"用心啃德文。这样的吵闹，令三毛神经衰弱，一个字也念不进去。忍耐了四个星期后，三毛终于忍不住敲门提醒，却被裸体的冰岛女人推了出来。

"恶狗咬了我，我绝不会反咬狗，但是我可以用棍子打它。"第二天早晨，三毛旷了两节课，去学生宿舍的管理处找学生顾问，一个中年律师。这个顾问以没有接到其他学生的反映为由，拒绝处理这件事。

一周后，三毛再次闯顾问的门。这一次，她带来了一卷录音带。事情解决得非常顺利，一个星期以后，这个芳邻静悄悄搬走了。

三毛与顾问眼里其他的台湾同学不同，那些同学"温和、成绩好、安静、小心翼翼"，甚至一个男同学同屋带女朋友进来同居了三个月也不去抗议，顾问知道了以后把他叫去问，他还笑着说，没有关系，没有关系。

三毛听了顾问这样的话，心都痛起来。恨那个不要脸的外国人，也恨自己善良的同胞。

在她看来，同胞们所谓的没有原则地跟人和平相处，就是懦弱。

43

也有三毛惹不起躲得起的案例。

那是 1971 年夏天，三毛到美国芝加哥伊利诺大学主修陶瓷，和两个美国大一女生合租一幢木造的平房。那两个美国女生和一群男女朋友在房间点印度香，全都裸体抱着睡觉，虽然不吵不闹，但是三毛为人很正派，她无法接受她们那样的"空虚"，为求洁身自好，她住满了一个月就迁居了，搬去一个小型学生宿舍。

住在三毛对间的女孩，是一个正在念教育硕士的勤劳学生。每天晚上，三毛看书，她就打字，噼里啪啦打到夜里两点。因为赞赏她的勤奋，所以，尽管她打字影响到自己看书，三毛也根本没有放在心上。只等她停下来以后，静下心看一会儿书，然后睡觉。

有一晚，三毛正在看书，那个女孩过来敲门，刻薄地说："你不睡，我可要睡，你门上面那块毛玻璃透出来的光，叫我整夜失眠。你不知耻，是要人告诉你才明白？嗯？"

看着她美丽而僵硬的脸，三毛叹口气："你不是也打字吵我？"

"可是我现在打好了，你的灯却不熄掉。"

"那么正好，我不熄灯，你可以继续打字。"说完，三毛当着她的面轻轻合上门，从此与她绝交。

没必要解释。跟无理的人，没必要讲理。

曾经有一个继承巨额遗产的机会摆在三毛面前，但是她没有接受。因为做人的尊严。

有一对美国夫妇，非常喜欢三毛，对她视如己出，常常在周末假日开车来接她去各处兜风。这对夫妇非常有钱，在山坡上有一幢惊人美丽的大洋房，还在镇上开了一家成衣批发店。

感恩节的时候，三毛被夫妇俩请去吃饭。吃晚饭的时候，那位太太向三毛宣布，决心收养她为女儿，并且说，将来等他们过世，所有遗产都是三毛的。他们还要求三毛一辈子和他们住在一起，不要结婚，担心三毛结婚走了以后，他们的财产不晓得会落入哪个基金会手里。

三毛气得胃痛。他们直接向三毛"宣布"了领养的决定,而不是尊重她,问她自己的意见。更冷酷自私到为了自己的利益,为了领儿防老,干涉三毛一生的幸福,用遗产来交换一个女孩的青春。这样丑恶的富人嘴脸,再优雅的外表也掩盖不了。

那个黄昏,下起薄薄的雪雨。三毛穿了大衣,在校园漫无目的地走着。想到了温暖的家,想到了和蔼亲切的爸爸妈妈,再想想自己这几年在外漂泊的种种遭遇,学业无继、经济拮据、四处遭人欺侮,不由得心生悲凉,冻得冰冷。

当然,在这些悲凉的故事之外,也会有一丝温情。那份温情,是初见的惊艳,是叫不出名字的欢喜,是今生忆起时,不能解、不能说、不能会意的谜和痛。

还是1969年,三毛在西柏林,歌德学院。三毛以每天至少钉在桌前十小时、上课加夜读总共十六七个小时的毅力,拿到了最优生的初级班结业单。"歌德学院"的学费十分昂贵,德国的消费水平比西班牙也高很多。为了节省开支,她没有一丝一毫的放松,不顾体力的透支,谢绝了老师"休息三个月"的建议,继续升了中级班。在一次一千多字有关社论的报纸文字听写考试中,三毛一口气拼错四十四个字。而三毛一向是不甘人后的,从不肯在班上拿第二名,每堂课和作业一定要拿满分,才能减轻对父亲伏案工作挣钱供自己留学费用的歉疚感。

当她拿着那张令人心碎的试卷,去找当时的德国男友。那个男孩不但没有安慰,还责备了三毛一顿。临了,他说:"将来你是要做外交官太太的,你这样的德文,够派什么用场?连字都不会写。"

听到这句话,三毛抱起书本,掉头就走出了那个房间。那个德国男友的确很优秀,一心将来要进外交部。实际上后来真的成了一名大使。但是,就是那句得意洋洋冷冰冰的话,让三毛本来已经寒冷的心更加冰凉。要知道,她是为了他才飞来德国,为了他忍饥挨饿拼命攻读德文,最后却得到了这样一句评价。除了读书,书呆子男友根本没有把她放在心上，也根本不尊重她作为一个女性所拥有的独立人格。

那时候的三毛不但攻读德文刻苦到几近崩溃，经济上更是拮据得可怜，又不肯开口向父母要钱，零下十九度也没钱买一双靴子，鞋子底通了一个大洞，出门的时候不得不穿两层袜子，裹一层塑料袋，再在鞋子外面裹一层塑料袋，箍一层橡皮筋防滑。就这样，还是防不了雪水，脚上还是生了冻疮。

那是1969年冬天，12月2日。三毛每天只吃饼干和黑面包浓汤，拼命努力却考坏了成绩，又遭到德国男友的责备，终于忍不住，一个人，在晚上修补鞋底的时候，痛痛快快大哭一场。实在是因为一个大孩子，所承受的压力和孤寂都已经达到了那个年龄的极限。

第二天，三毛哭累了，睡过了头。她茫然地站在车站牌下，一班一班的车子经过，都没有上车。

逃课吧！死了吧！三毛带着身上的护照和仅有的二十块美金，将书往树丛雪堆里一埋，上了去东柏林围墙边，可以申请进去的地下火车，去办理东德的签证。

出入东西柏林需要验证护照，关口人员拒绝了三毛持有的台湾"中华民国"护照申请。这时候，一位东德军官出面，帮她办了一张临时通行证。军官还掏出零钱帮她付了拍快照的钱：一共拍了三张，两张办证用，另一张，被他小心翼翼放进了贴心内袋。

三毛看在眼里，心里有小小的震动。觉得这个军官不但俊美，而且，他的眼睛那样深邃，叫人有一下子有落水的无力和悲伤。

军官一直不避嫌地陪三毛排队，一步步地移。时光很慢，却舍不得那个队伍快快移动。要再见的时候，军官突然说了一句："你真美！"彼此心里都有了些伤感。

当天从东柏林返回西柏林的时候，三毛又遇到了麻烦。出关的时候，三毛又见到了那个军官。这一次，他特意在这里等她，送她上车。

车厢一辆一辆飞驰而过,三毛没有上车,军官也不肯离去。在寒冷的车站,两个人忘记了时间,就那么站着、僵着、抖着。风吹乱了三毛的长发,军官伸出手替她拂开,两个人的眼神交缠在一起,三毛看见了那口深井里面,闪烁的是天空没有见过的一种恒星。

"反正是不想活了,不想活了,不想活了,不想活了……"

最后一班车,必须要走了。军官推了三毛一把,三毛这才狂叫了起来:"你跟我走!"

"不可能,我有父母,快上!"

"我留一天留一天!求你,我要留一天!"三毛伸手拉住他的袖子,却还是被车带走了。心底里的疼和空,直到火车转了弯,仍像一把弯刀,一直割,一直割个不停。

那一夜,三毛回到宿舍,一下子病倒了。是疲惫,也是思念的苦楚与煎熬。直到高烧三日以后才被发现送进医院。烧的时候头在痛,心里在喊,喊一个没有名字的人。

那是一次命中注定的神交。只可意会,不可言传。

在那个困顿而寒冷的夜里,与俊美的东德军官的相遇,有如一段美丽神话,真实得近乎虚无缥缈。心与心的相通,无需言语,只一个眼神,就已经明了。

温柔的夜啊,只愿时光停留在那一刻,让我疲惫的双脚在那个关口驻足停留。我愿死在那口深井,永不再醒来。

第四章
告别——给我六年的期限，让我等你

"如何让你遇见我
在我最美丽的时刻
为这
我已在佛前求了五百年
求佛让我们结一段尘缘
佛于是把我化作一棵树
长在你必经的路旁
阳光下
慎重地开满了花
朵朵都是我前世的盼望"

——席慕蓉《一棵开花的树》

1967年的圣诞节，注定成为三毛今生今世那段璀璨爱情的起点。那一天，她遇见了生命中最重要的那个人——她的荷西。

西班牙的圣诞节有一个风俗，圣诞夜十二点一过的时候，左邻右舍都会走出家门，跟同楼的人互祝平安。三毛这天住在马德里的徐伯伯家，当她下楼的时候，遇见一个从楼上跑下来的男孩Jose，一个正在读高三的学生，而那时三毛已经大学二年级了。

仿佛是命中注定，Jose一见到三毛，就像冥冥之中，有一股强大的魔力把他的魂给勾去了。而三毛呢？初见Jose，三毛也像触电一样惊呆了——"世界上怎么会有这么英俊的男子？如果有一天可以做为他的妻子，在虚荣心上，也该是一种满足了。"

如果说，这世界上真的有一见钟情，那么，这应该就算是了吧？那一刻，两个人初相遇，电光火石之间，你惊艳了我，而我爱慕上你，心心相映，心照不宣。

虽然三毛倾心于 Jose 的英俊，但是，由于两个人之间毕竟相差六岁，而且自己已经经历了一场无望的恋爱，所以，当时并没有打算做 Jose 的女朋友。两个人作为一对好朋友相处，打棒球，打雪仗，一起去逛旧货市场，常常从早上九点逛到下午四点，虽然口袋里没什么钱，有时候只买回一根鸟羽毛，但是两个人在一起，单纯又开心。

"一日不见，如隔三秋"。三毛不在的日子，Jose 满脑子想的都是三毛，根本无心学习。一天，他干脆逃学，专程去文哲学院找三毛，请她看一场电影。再后来，Jose 便常常最后两节课不上，逃课跑来找她，就站在三毛楼下的一棵树下执着地等她，三毛的室友总是开玩笑：你的表弟又来了！

因为这个温和得有如晨曦一样的男孩，三毛给他起了一个中文名字：和曦。但是"和曦"两个字太难写了，于是简单化处理，就叫"荷西"吧！Jose 开心地接受了这个属于他的中文名字。

在一起相处的日子久了，荷西感到自己越来越离不开三毛，他要"执子之手，与子偕老"。他要和三毛结婚，做她的丈夫，保护她，给她快乐。

一天散步的时候，荷西鼓起勇气，对三毛说："再等我六年，让我四年念大学，二年服兵役，六年以后我们可以结婚了，我一生的愿望就是有一个很小的公寓，里面有一个像你这样的太太，然后去赚钱养活你，这是我一生最幸福的梦想。"

六年，真是一段很长很长的时间。有多少人间悲喜将会在这六年中次第上演，又有谁能保证，这长长的六年中，彼此的感情能一成不变？三毛不敢轻易承诺，她问他："我们都还年轻，你也才高三，怎么就想结婚了呢？"

"我是碰到你之后才想结婚的。"

"哦，这算什么理由呢！"

"碰到你，就想和你在一起。除了结婚，还有更好的办法，与你长相厮守吗？"

三毛知道，荷西是认真的，刹那间，她有一种想要流泪的冲动。她忍住泪水，对荷西说："荷西，你才18岁，我比你大得多，希望你不要再做这个梦了，从今天起，不要再来找我……你要听我的话，不可以来缠我……"

"是我做错了什么？"荷西问。

"你没有做错什么，我跟你讲这些话，是因为你实在太好了，我不愿意再跟你交往下去。"三毛忍泪说。

荷西叹了一口气，说："除非你自己愿意，我永远不会来缠你。"

说完，那个英俊的男孩一步一步离开了，他慢慢跑起来，一面跑一面频频回头，脸上还挂着笑，向三毛挥舞着手里的法国帽，喊着："Echo，再见！Echo，再见！"马德里是很少下雪的，但就在那个夜里，天下起了雪来。看着荷西的身影渐渐消失在黑茫茫的夜色与皑皑的雪花里，三毛几乎忍不住喊叫起来："荷西！你回来吧！"可是她终究没有说。虽然她也喜欢他，可是，荷西连大学还没有上，她不能耽误了他，更不忍伤害了他。

这以后，荷西真的就再没来找过三毛，那棵树下再不见他等候的身影。有谁知道，这一别，会不会成为永别呢？

虽然荷西第一次求婚，三毛没有立即答应，但她内心里对这个大男孩还是很有好感的。马德里皇宫那个公园里，荷西挥舞帽子喊着"Echo，再见！"的情景历历在目。荷西的那段话，一直萦绕在三毛耳边："等我六年，我就娶你！"

这句话,在两个人心中播下了一颗希望的种子。这一个,要用实际行动来实践诺言;那一个,要耐心等待男孩慢慢长大。这颗种子,只等时间来慢慢发酵,慢慢沉淀,慢慢升华,最后在某一个刚刚好的时刻萌芽,开出最艳丽多彩的花。

> 我爱你,与你无关
> 真的啊
> 它只属于我的心
> 只要你能幸福
> 我的悲伤
> 你不需要管

——歌德《我爱你,与你无关》

是哦,那年你虽然没有答应我的求爱,可是我依然爱你。我爱你,与你无关,只关乎我自己的心。我自己告诉我的心:这个女孩,就是我要找的那一个。别说是六年,就算是用尽一生,我也心甘情愿,孑然一身,为她守候,耗尽青春,无怨无悔。

第五章
狂澜——还能再猛烈些么

　　三毛婉拒了荷西的求爱，她怕这个大男孩太认真，赶紧交了一些其他的男朋友。其中有一个是同班的日本同学，家境很好，马德里最豪华的日本餐馆就是他家开的。

　　日本同学每天对三毛展开鲜花巧克力攻势，而三毛也迷迷糊糊地受着宠爱。直到有一天日本同学买了一辆新车要当订婚礼物送给她，她才慌了神。她不想结婚，也不知道怎么拒绝，于是也不说话，只一个劲地哭。日本同学反过来安慰她："不嫁没关系，我可以等，是我太急了，吓到了你，对不起。"

　　为了叫这个日本人死了心，三毛收了一把德国同学的花，做了他的女朋友。那个日本同学十分伤心，几欲自杀。三毛硬起心肠不去看他，很多次，日本同学站在宿舍门外的树下站着，一站就好久。三毛躲在窗帘后面偷偷看他，心里一直用日文对他说着："对不起！对不起！"

　　有几次，三毛和那个德国男友在街上走，偶尔会碰到荷西。荷西虽然笑得有些苦涩，但表现得极为绅士。他很有礼貌地跟对方握手，然后将三毛拉近，按照西班牙人的礼节，亲吻三毛的脸颊。

　　谁都无法理解荷西当时内心的痛苦。心爱的女孩和其他男人走在一起，自己却不能表现出一丝不悦。他是爱她的，虽然得不到她，但是他衷心希望她幸福。只要她快乐，那么，他也就是快乐的。

三毛在马德里文哲学院两年的课程结束以后,为了德国男友,申请去德国留学,还想搭朋友的车去旅游。但是,昂贵的学费、生活费和旅游的费用,却是摆在面前的实际困难。三毛想到了勤工俭学。她去了马约卡岛,找到了一份导游的工作,挣够了旅费。

到德国柏林以后,三毛再次在西柏林商业街一家化妆品店,寻到了一份香水推销员的工作。这份工作非常辛苦,一直要站在店门前,站得袜子都磨破了洞。好不容易到了休息时间,三毛赶紧脱下丝袜,把脚浸在冷水里放松,20分钟后,又要重新恢复亭亭玉立的站姿。就这样,三毛一站就是十天,为自己挣到了一笔可观的酬劳。

后来三毛到了美国伊利诺大学,又凭着她的博学,在伊利诺大学的法律系图书馆谋到了一个管理员的职位。这些宝贵的社会实践经验,极大地丰富了三毛的人生。她凭自己的本事找饭碗拿报酬,不求父母,不给家里增添额外的负担,这是多么高贵的品质!

三毛追随德国男友到了柏林以后,因为近乎严苛的德文学习和饮食,使她精神极度紧张。在一次考试失利之后,三毛来找男友,想要得到他的宽慰,结果却得到了对方的一顿奚落。万念俱灰的她去了一趟东柏林,在东西柏林的关口,偶遇了一位东德军官,留下了一段不可能有任何结果的,电光火石般的倾城之恋。

虽然,和德国男友的感情仍在继续,但是,三毛知道,那道裂痕,是不可能再修复的了。交往两年之后,德国男友拉着三毛,去百货公司买了一床被单,双人的。买下了被单,两个人在冰天雪地的街上走,都没有说话。三毛突然很想发脾气,也没发,就开始沉默,眼里含着一汪泪。过了几小时,两个人又去百货公司退货,等到柜台退还钞票时,男友问:"你确定不要这条床单?"三毛这才开口说:"确定不要。"

过了一年,在西柏林机场,男友送三毛登机去美国。上机的时候,他说:"等我做了领事时,你嫁,好不好?我可以等。"这算求婚。这一等就是二十二年。一直到做了大使,还在等。

奈何情深,只因缘浅。在三毛最困顿的日子里,德国男友只顾着自己的学业和大使梦,忽略了对三毛的照顾,让她的感情无以寄托。分手,只是迟早的事情而已。

到了美国,三毛在美国的小堂哥打电话,委托他曾经的同学,一位读化学博士的朋友照顾孤零零的三毛。那位化学博士每天中午休息时间,准时会送来一个纸袋,里面放着一块丰富的三明治、一只白水煮蛋、一枚水果。

时间长了,化学博士爱上了三毛。他忧伤地说:"现在我照顾你,等哪一年你肯开始下厨房煮饭给我和我们的孩子吃呢?"

三毛的堂哥也劝三毛,说这个同学实在是极好的,又值得信赖的人,追他的人很多,千万不要错过。可是,不知道为什么,每次一谈到结婚,三毛的心总是像死了一样,像是要向什么事情妥协似的不快乐。

三毛决定下决心离开美国回台湾,化学博士送三毛上飞机飞纽约看哥哥转机回台。在机场,他说:"我们结婚好吗?你回去,我等放假就去台湾。"

三毛什么话都没有说,伸手替他理一理大衣的领子。

到了纽约,电话又来了:"我们现在结婚好吗?"

三毛还是没有答应。对她好的男孩真的不少,痴心的也有好几个,可是,并不是所有的相遇都能顺顺利利地开花结果,要在合适的心境下,找到在那个对的时间出现的对的人,实在是难之又难。

在三毛看来,每一次恋爱的终结,大部分的原因在于,那种花前月下,爱来爱去的结果,每天都有着同样的问题和答案。

问题是:那我们下次什么时候再见?

答案是:我送你回去。

人,是可以换的。电影,当然改片子。

恋爱给三毛带来的经历,等于永无休止的流浪。

流浪的意义在于每天面对新的挑战和喜悦,或者说苦难。对于三毛来说,这种流浪十分引诱人。

1970年，二十七岁的三毛回到了阔别五年的台湾。她不但会说英语、西班牙语，还拿到了德语教师资格执照，很快便在文化大学谋到了职位，做了一名德语教师。全家人也特别高兴，父亲还特意为她买了网球服和球拍，每天一大早就拉她骑上自行车去打网球。

回到台湾，三毛想起了舒凡，那个令她痛彻心扉的初恋男孩。不由自主地，她走进了曾经和舒凡一起去过的咖啡屋。在那里，她邂逅了一位穿着印象派风格衣衫的画家，两个人聊了起来。画家邀请她去他的画室，不知怎么的，或许是出于对绘画的热爱，三毛稀里糊涂答应了画家的求婚。

即将举行婚礼前，三毛发现，那个对她信誓旦旦的男人，竟然早已有了妻室。她的感情再次被残酷地践踏。

三毛再次陷入孤独之中。父亲看了好不心痛，依然坚持每天早晨陪三毛打网球，疏导她的情绪。渐渐地，坚强的三毛再次振作起来，为了家人的关爱，她必须让自己快乐起来。

一天，三毛在网球场打球的时候，遇见了一位来台教书的德国教师，虽然那人已四十五岁，但高大英俊，优雅温和，谈吐不凡。交往一年以后，三毛再次坠入了情网。

"我们结婚好吗？"他问她。

这一次，三毛没有拒绝。或许是她已经累了，这温和善良的中年男人给了她很大的安全感。她明明白白回答了一个字："好！"

终于要结婚了。一天，三毛和男友一起去印名片，他们精心设计了名片样式，把两个人的名字排在一起，一面德文，一面中文，约好了半个月后准时来取。

但是，名片还在，人却不在了。

当天晚上，三毛准备嫁的那个人突发心脏病，死在三毛的怀中。

怎样的一种天昏地暗！为何造化弄人，总是将不幸带到这个柔弱的女孩身上呢？为什么自己爱的人到最后一个个都离她远去？难道就打不破命运这个魔咒了吗？眼看到手的幸福，又凭什么生生给夺了去？命运的狂澜，你还能再猛烈些吗？

三毛哭得死去活来。她的世界重新回到了一片黑暗中。在一片黑漆漆的迷雾里，她看不到一丝光亮，看不到一丝希望。她吞了大量的安眠药，再次想要了结生命，彻底告别痛苦。

然而，这一次，她又被及时发现送医，从死亡线上抢回了一条命。面对父母亲悲痛不已的面容，苏醒过来的三毛答应母亲，好好活着，不再寻死。

"问世间情为何物，直教人生死相许？"爱人离去，把他一个人孤零零丢下，那份失心的痛，独处的死寂，又怎能轻易化解？

台湾，那个让三毛两次伤心的地方，是再也呆不下去了。她黯然整理行装，再次选择了逃离，飞回了西班牙。决定去西班牙，事实上还是一个浪漫的选择而不是一个理智的选择。比较过所到过、住过的国家，三毛心中对西班牙总有一份特别的挚爱，有一种近乎乡愁的感情，将她又拉了回来。

离台最后一晚，三毛和许多好友到 Amigo（译意：酒吧娱乐类消费场所）坐到很晚，久久不愿散去，后来又从 Amigo 转移阵地回到家，和父亲、弟弟打撞球、乒乓球，大闹到深夜，让自己筋疲力尽。

终究要走了。离开，还是为了去疗伤。又是一次心灵的放逐，只有在空间的流浪里，才能洗尽尘埃，在时间的流转里，才能忘掉痛苦，重新开始新的生活。

幸福究竟在哪里呢？寻寻觅觅，幸福却如同永远等待不到的青鸟一样，那么的遥不可及。

第二卷 温柔的夜

第六章
重逢——六年了，我还在这里等你

"于千万人之中遇见你所要遇见的人，于千万年之中，时间的无涯的荒野里，没有早一步，也没有晚一步，刚巧赶上了。那也没有别的话可说，惟有轻轻地问一声：'噢，你也在这里吗？'"

——张爱玲《爱》

1972年冬，三毛经由香港飞赴伦敦，再转机赴西班牙。签证出境时，被英国移民局怀疑有偷渡企图，把她关进了拘留所。在那里，三毛凭着不卑不亢的气节和聪明机智与移民局的官员周旋，最终获准通行。

第二次来到马德里，三毛早已驾轻就熟，一下机就找了一个住所，和三个美丽的西班牙女孩同住，并且很快找到了一份不错的工作，在一所小学当教员。

又开始了新的生活。三毛很享受一个人无忧无虑的日子，上课、教书、看书、看电影，借邻居的狗散步，跟朋友去学生区唱歌喝葡萄酒、去马德里的集市淘一些喜爱的小商品，甚至还搞鼓起皮衣生意。虽然生意最终搞得一塌糊涂，但三毛仍不服输，还希望在其他方面做出点成就。

三毛在台湾的时候，曾经来过一位西班牙的朋友。他问三毛："你还记不记得那个Jose呀！"三毛说记得。朋友又说："我这里有一封他写给你的信还有一张照片，你想不想看？"三毛说好，因为她心里仍在挂念着荷西。但那位朋友说："他说如果你已经把他给忘了，就不要看这封信了。"三毛答道："天晓得，我没有忘记过这个人，只是我觉得他年纪比我小，既然他认真了，就不要伤害他。"三毛从朋友手中接过信，一张照片从中掉落出来。照片上是一个留了大胡子穿着一条泳裤在海里抓鱼的年轻人，三毛立刻就说："这是希腊神话里的海神嘛！"

打开信，信上写着："过了这么多年，也许你已经忘记了西班牙文，可是我要告诉你一个秘密，在我十八岁那个下雪的晚上，你告诉我，你不再见我了，你知道那个少年伏枕流了一夜的泪，想要自杀吗？这么多年来，你还记得我吗？我和你约的期限是六年。"

回到马德里后，三毛有一天又去拜访徐伯伯，在那里遇见了荷西的妹妹伊丝帖。她央求三毛无论如何给还在服兵役的哥哥写一封信。于是三毛用英语写了一封简短的信，信上只有几个字："荷西！我回来了，我是Echo，我在××地址。"结果那封信传遍营里，却没有一个人懂英文。荷西很聪明，他剪了很多潜水者的漫画寄给三毛，并且指出其中一个说："这就是我。"三毛没有回信，荷西就从南部打长途电话过来，告诉她，兵役很快就要结束，二十三号就回马德里，请三毛一定记得等他。

到了二十三号，三毛完全忘了这件事，与另一个同学跑到一个小城去玩，荷西打了十几个电话也没人接。后来，三毛的一位朋友打电话来，说是有件很要紧的事，请三毛坐计程车过去。三毛到她家后，朋友请她闭上眼睛。她听到有脚步声走过来，接着，背后一双手臂将她拥抱了起来，搂着她兜圈子。三毛睁眼一看，就看到穿着枣红套头毛衣的荷西站在眼前她兴奋得尖叫起来，不停地捶打着他，又忍不住捧住他的脸亲他。

一天黄昏，荷西邀请三毛到他家去。到了他的房间，荷西说："你看墙上！"三毛抬头一看，整面墙上都贴满了自己发了黄的放大黑白照片。看了那一张张照片,三毛沉默了很久,问荷西照片是哪里来的。荷西说:"在徐伯伯家里。你常常寄照片来,他们看过了就把它摆在纸盒里,我去他们家玩的时候,就把他们的照片偷来,拿到相馆去做底片放大,然后再把原来的照片偷偷地放回盒子里。"三毛又问:"你们家里的人出出进进怎么说?"荷西答:"他们就说我发神经病了,那个人已经不见了,还贴着她的照片发痴。"

一股暖流流进三毛的心底,一种说不出的感动,让她的心瞬间柔软。

六年了,爱人的背叛与死别,一次次的受伤,我的心早已不堪,我想我差点就不会爱了。而你如约而来。你,还会要这个千疮百孔的人吗?

三毛转身问荷西:"你是不是还想结婚?"这时轮到荷西呆住了,呆望着三毛,望了很久,仿佛面前的人是个幽灵似的。三毛说:"你不是说六年吗?我现在站在你的面前了。"忽然,她忍不住哭了起来,又说:"还是不要好了,不要了。"荷西忙问:"为什么?怎么不要?"三毛心中,新愁旧恨突然都涌了出来,对他说:"你那时为什么不要我?如果那时候你坚持要我的话,我还是一个好好的人,今天回来,心已经碎了。"荷西说:"碎的心,可以用胶水把它黏起来。"三毛说:"黏过后,还是有缝的。"荷西把三毛的手拉向他的胸口说:"这边还有一颗,是黄金做的,把你那颗拿过来,我们交换一下吧!"

"换我心,为你心,始知相忆深。"那么,就让我们交换彼此的心,用你的一腔深情,抚平我心灵的创伤。

六年,命运又将三毛带回到了荷西的身旁,在马德里再度重逢。
六年,足够让人"相忘于江湖"。但是,荷西没有。他用一颗金子般的心,守着一句誓言。每天,他和三毛的照片朝夕相守。看着那些照片,就像心爱的女孩陪在他身边,那么温暖,那么满足。虽然有些孩子气，但是却执着得可爱。

"嫁给我"——简简单单三个字，背后承担了太多的爱与责任。娶了她，就要接纳她一切的一切。她的好脾气与坏脾气，她的温柔与野性，她的沉静与不羁，所有美好的不美好的，统统都要接纳。

这么厚重的一份爱与责任，那些轻薄而世故的男生，谁也无法给予，谁也无法承担得起。

"好。"简简单单一个字，是一份承诺。我答应你，和你相守，共度一生，请你，用爱，为我疗伤。把温柔当做胶水，粘补我那颗破碎的心。

命运就是这样神奇，当三毛与那些男孩擦肩而过，最终，还是注定和荷西再度重逢。难道那些错过或者消亡，就是为了与荷西重逢做的准备吗？他们在三毛的生命中轻飘飘地飘过，所有的阴晴冷暖，三毛一一饱尝，并且在感情的历练中逐渐成熟。她明白，自己想要的，是一个执着爱她的男人，是放开双手也不怕弄丢的，一份稳稳的幸福。

第三卷 Chapter·03

撒哈拉的故事

"每想你一次,天上飘落一粒沙,从此形成了撒哈拉。每想你一次,天上就掉下一滴水,于是形成了太平洋。"

——三毛

第一章
契合——不早不晚刚刚好

他俩静静地坐在石阶上，大胡子荷西像个孩子似的，侧倚在三毛怀里，左手围住三毛的腰，表情宁静而幸福。而三毛则温柔地抱着他，左手轻轻地扶在荷西的头顶。他们都穿着厚厚的长大衣，分明是萧瑟的冬天，可是，我怎么觉得，夕阳投射下的圣洁光芒，笼罩了这对恩爱的情侣，他们分明用无法解说的爱语唤醒了整个春天。

——评三毛和荷西的一幅合影

我毫不吝惜用大把的笔墨，去描绘这一卷的文字。因为爱，因为重逢，因为相守，也因为别离。

别人爱三毛，或许是爱她的美貌，爱她过人的才华，以为娶了这样的女人，脸上很有光彩，是很值得骄傲的一件事情。他们一心想占有她，就像占有一个古典而美丽的花瓶。譬如那个家财万贯的日本学生，以为每天送送鲜花巧克力，再送一辆好车，就可以随随便便把手圈到女孩的腰肢上去；再譬如那个只知道死读书一心想做大使的德国男生，以为自己做了大使，自己的老婆是可以养尊处优，不用懂德文，只用享清福的。

只有荷西懂三毛。只有他把她当作一个人，一个有独立人格的人。尊重她，爱她，放纵她，给她生命的宽度，而不约束她。

在旁人眼里，三毛实在算不上一个合格的妻子，东奔西跑，随心所欲。换做旁人，早已骂她不正经，是要看着管着给脸色看了。但荷西就是宠着三毛，把她当成手心里的宝，陪她哭，陪她笑，陪她一起疯，一起闯撒哈拉大沙漠。这是怎样一种博大而深沉的爱！

荷西能给的，其他人，谁也给不了。

这世上只有一个三毛。

这世上也只有一个荷西。

精灵古怪的三毛，就配荷西去爱。

三毛与荷西结婚前，三毛曾经一再强调，婚后，她还是要"我行我素"，要不然不结婚。

荷西当时回答："我就是要你'你行你素'，失去了你的个性和作风，我何必娶你呢？"

嗳！我就是要你"你行你素"，我就爱你现在的样子，今生今世也只爱你现在的样子，不要你变成其他的别人希望你成为的样子。

六年，不早不晚，你来了。我早已疲惫不堪，而你也已经等了太久。让我们彼此依靠，彼此温暖，牵手并行。就像一幅巨大的拼图，我们用了六年时间拼拼凑凑，在这相遇的时刻，拼好这最后的一块。时间，掐得刚刚好。

冬天的一个清晨，三毛与荷西在马德里的一个公园里，一个用面包屑喂麻雀，一个低头看航海书。

荷西问三毛，明年有什么计划。三毛回答："复活节过后想去撒哈拉沙漠，住个半年一年的。"

"可是我们计划夏天要去爱琴海的，算上你一个。"

三毛很犹豫。航海、去撒哈拉，两件事，她都想做。

"你真的坚持要去沙漠？"荷西问。

三毛重重点了点头。

"好！"荷西负气说了这话，就再也没吭声。

第三卷　撒哈拉的故事

谁也没有想到，新年过后，有一天，三毛接到了一封来自撒哈拉沙漠的信。信是荷西寄来的，信上写道："我想得很清楚，要留住你在我身边，只有跟你结婚，要不然我的心永远也不能减去这份痛苦的感觉，我们夏天结婚好么?"

原来，荷西十分了解三毛，她是个一意孤行的倔强女子，说了要去撒哈拉沙漠，就一定会去。为了实现三毛的愿望，他放弃了航海的计划，一声不响地，提前到沙漠里找了一份磷矿公司的工作。等到一切安顿妥当，才告诉三毛，好给她一个惊喜。

看了这封信，三毛忍不住热泪盈眶。这是一份多么珍贵的礼物! 有这么好的爱人，夫复何求呢? 荷西把她的梦，当成了自己的梦，虽然这个梦不是大海，而是沙的海洋，但是他为了心爱的女人，义无反顾地去了。

幸福的感觉就是那么微妙，那一刻，快乐充满了三毛的心。结婚吧! 结婚吧! 什么年龄、经济、国籍、肤色、学识、习惯，这些所谓的条件统统不管，最重要的，是彼此的品格和心灵，这才是"门当户对"的东西。

1973年4月，三毛退掉了马德里的房子，收拾行李，奔赴西属撒哈拉。为了不惊扰朋友们，她选择了悄悄告别。临行前，她在宿舍桌上，给同住的三个西班牙女孩留了一封信，信上留言："走了，结婚去也，珍重不再见!"

三毛奔着她的幸福去了。在那个遥远的撒哈拉大沙漠，荷西在深情呼唤她的到来。

第二章
结婚——撒哈拉作证

一个人的天荒地老,两个人的地久天长。

终于有一天,我们在茫茫人海相遇,从此,我与你结束了单身,结束了心的漂泊,心甘情愿用一纸契约,把我们的命运紧紧连在一起,再也不分开。

穿着卡其色军装衬衫和一条很脏的牛仔裤的荷西,在西属撒哈拉的阿雍机场迎接了他美丽的新娘。两个人深情相拥,沉浸在令人眩晕的幸福中。那是只属于他们两个人的世界,小小的,充满爱的世界。虽然沙漠满是风沙、缺水、缺电、缺钱,什么都缺,但是,唯独爱不缺。只要和相爱的人守在一起,再苦,都是值得的。再贫瘠的日子,在相爱的人那里,都是富足的。

在阿雍城外的一间小房子前,荷西放下三毛的行李箱,从背后一把抱住了她,深情地望着她的眼睛,说:"我们的第一个家,我抱你进去,从今以后你是我的太太了。"

这是一种平淡深远的结合。虽然三毛从没有热烈地爱过他,但是,此时此刻,她一样觉得十分幸福而舒适。

三毛这辈子也没有想到过,在沙漠结婚是多么多么难的一件事,以至于后来想起来,都感觉要发高烧。

因为撒哈拉威(沙漠里的居民)结婚有自己民族的风俗,从来不到法院结婚,所以,当三毛和荷西一同来到法院时,法院的老秘书一脸茫然,竟然不知道在这里结婚需要哪些手续。好不容易找到公证结婚的要求，原来，在法院结婚需要出生证明、单身证明、居留证明、法院公告证明……三毛的文件要由台湾出，再由中国驻葡公使馆翻译证明，证明完了再转西班牙驻葡领事馆公证，再经西班牙外交部，再转来阿雍当地法院审核，审核完毕公告十五天，然后再送马德里三毛过去户籍所在地法院公告……

听完这些，三毛的头都要大了。没办法，为了结婚，再难也得办。

荷西听说手续最快也要三个月才能办完，心急火燎地说："请您帮忙，能不能快点！我想越快结婚越好，我们不能等！"害得老秘书误以为三毛未婚先孕呢！

荷西上班很忙，所有手续都由三毛一个人挨个去办理。因为他们住的地方没有门牌，所以在邮局租了一个信箱，每天都要走一个小时左右去镇上看信。在等候的日子里，三毛背着背包和相机，跑了很多游牧民族的帐篷，看了许多不同而多彩的奇异风俗，写下了笔记，整理了幻灯片，也交了许多撒哈拉威朋友，甚至开始学习阿拉伯文，日子过得有收获而愉快。而荷西在这段时间努力赚钱，还自己动手做家具。

终于有一天，三毛再次来到法院的时候，老秘书笑眯眯地告诉她，最后一个环节，马德里的公告也结束了，他们可以结婚了。

"真的？"三毛简直不敢相信，这场文件大战就这么结束了。

"我替你们安排好了日子。"老秘书还是笑眯眯的。

"什么时候？"三毛赶紧问他。

"明天下午六点钟。"天啊！那么仓促！三毛简直呆掉了。走出法院大门，正好遇见荷西公司的司机开着吉普车经过，赶紧叫住他，让他带个口信给荷西，说是明天要结婚，请他下了班回镇上。

荷西等不到下班就飞车回来了。他不敢相信这是真的，一面进门一面问："真的是明天？"

"是真的，走，我们去打电报回家。"两个人出门打电报，荷西的电报长得像写信："对不起，临时通知你们，我们事先也不知道明天结婚，请原谅——"而三毛的就简单多了，就六个字："明天结婚三毛。"可别小看这六个字，三毛的父母亲大人见了，还不知道该多么安慰和高兴。那个从小就令他们受苦受难的浪子女儿终于嫁了。

打完电报，两个人坐在那里发呆。三毛问："你想做什么？"

"想带你去看电影，明天你就不是我女朋友了。"

于是，两个人跑去唯一的一家五流沙漠影院，看了一场叫《希腊左巴》的电影，算是跟单身的日子告别。

第二天，三毛正在睡觉，荷西敲门大喊："快起来，我有东西送给你。"

打开大盒子，三毛简直惊呆了。她看到了什么啊！一具完整的骆驼头骨！惨白的骨头很完整地合在一起，一大排牙齿正龇牙咧嘴地对着她，眼睛是两个大黑洞。正是三毛喜欢的那种。

三毛问："哪里搞来的？"

荷西得意地回答："去找的啊！沙漠里快走死了，找到这一副完整的，我知道你会喜欢。"

这可真是最豪华、最贴心的结婚礼物。那可是7月份啊！在白天的沙漠里寻找了一天，那份炎热，真是很难想象的艰苦。可是，来不及细细欣赏，因为时间已经五点半，而婚礼六点就要开始。他们没有车，从住所到法院步行快要四十分钟，必须得抓紧时间。

三毛穿了一件淡蓝细麻布长衫，一双凉鞋，头发披下来，戴了一顶草编的阔边帽子，很有田园风味。而荷西则穿了一件深蓝色的衬衫，大胡子也修剪了一下。

漫漫黄沙，无边而庞大的天空下，两个渺小的身影走在一起，四周寂寥得很。这个时候的沙漠，简直美极了。

原本以为只有两个人的婚礼，没想到，法院的老秘书安排了一个天大的惊喜。因为他们是小镇上第一对在法院公证结婚的非撒哈拉威居民，所以，来参加婚礼的人都穿得很正式，穿西装，打领带，还特别安排了人拍照，通知了一大堆他们的熟人。相比之下，荷西倒像是个来看热闹的人。

婚礼在法官的主持下顺利进行，只是中间闹了几个小笑话。三毛因为听秘书宣布西班牙法律走了神，被法官叫到名字，条件反射地问道："什么？"礼堂中的人全体哄然大笑。当法官问她："你愿意做荷西的妻子吗？"应该回答"是"的，可是三毛习惯性地回答了："好！"惹得法官也忍不住笑起来。等最后宣布仪式结束，三毛突然发现漏掉了交换戒指的环节，于是赶紧问荷西戒指带了没有。荷西只顾掏出自己的那一个戴上，转身去追法官，要户口名簿去了，忘记了也要给三毛戴戒指的。

等大家都散去的时候，两个人不知道做什么好。荷西提议去国家旅馆住一天，三毛却不同意，因为住一天旅馆的钱够买一星期的菜了。于是两个人又经过沙地走回家。

在家门口，他们发现地上放着一个大蛋糕，是荷西的同事合送的，三毛心里十分感动。荷西给三毛切了一块蛋糕，又替她补戴上戒指，这婚礼才算是真的完毕了。

尘埃落定。

沙漠的夜啊，你是这样的温柔缱绻。风啊，你是在弹奏婚礼进行曲吗？这里是我们的二人世界，是我们的新婚之夜。热情的撒哈拉啊！请你替我们作证：荷西，三毛，今日，两人结为夫妻，从此患难与共，生死相随。

第三章
守候——你不在，寂寞泛滥成灾

三毛刚来到沙漠的那段时期，荷西住在他工作的磷矿公司宿舍里，三毛住在小镇阿雍，两地相隔来回也快一百里路，但是荷西担心三毛一个人在家寂寞，不顾路途遥远，天天下了班赶回家陪伴自己的新娘，夜深了，再坐交通车回宿舍。等结了婚，买了车以后，三毛再来回开两百公里路程，去接五点半下班的荷西回家。这是一种怎样坚定而执着的爱！

"你的沙漠，现在你在它怀里了。"三毛点点头，喉咙被哽住了。

举目远望，无际的黄沙上寂寞的大风呜咽地吹过，天，是高的，地是沉厚雄壮而安静的。正是黄昏，落日将沙漠染成鲜血的红色，凄艳恐怖。近乎初秋的气候，大地一片诗意的苍凉。

撒哈拉沙漠，在她内心深处，多年来一直是她的情人啊！可是，真的站在它的怀抱里，除了那份难以平抑的激动，三毛也清楚地知道：撒哈拉，不再是她理想中甚而含着浪漫情调的幼稚想法，现在，成了一个摆在面前的重大考验。

新婚燕尔，荷西和三毛如胶似漆，十分恩爱。荷西的公司给了他们两万块家具补助费，薪水也加了七千多，每个月给六千五百块房租津贴，还给了半个月的婚嫁。荷西的好友自愿代荷西的班，于是，他们有了一整个月的假期。他们决定租车直渡撒哈拉，作为他们的蜜月之旅。

第一件事是参观荷西工作的德国克虏伯磷矿公司。他们从爆破的矿场一路跟着输送带，开了一百多里，直到磷矿出口装船的海上长堤——荷西工作的地方。接着，他们请了向导，乘车往西走，经过"马克贝斯"进入"阿尔及利亚"，再转回西属撒哈拉，由"斯马拉"斜进"毛里塔尼亚"直到新内加边界，再由另外一条路上升到西属沙漠下方的"维亚西纳略"，这才回到阿庸。

那个甜蜜的蜜月！两个人双双坠入沙漠这张情网，内心里再也离不开这片没有花朵的荒原了。

可是，蜜月结束了，荷西要回去上班了。一个人的日子，三毛洗洗衣服、煮煮饭，日子总是那么难以打发，总是那么寂寞难抑。"长久地被封闭在这只有一条街的小镇上，就好似一个断了腿的人又偏偏住在一条没有出口的巷子里一样的寂寞。千篇一律的日子，没有过分的快乐，也谈不上什么哀愁。没有变化的生活，就像织布机上的经纬，一匹一匹的岁月都织出来了，而花色却是一个样子的单调。"

荷西不在的时候，三毛不得不自己动手，做一些粗重的活。
首先是饮水问题。阿雍的水是深井里抽出来的浓咸水，不是淡水，喝淡水需要去申请市政府送水，一汽油桶装满九十块。三毛和邻居的加那利女人一起去提水，走的时候水箱是空的，两个人并肩同行。等买好十公升的淡水，往回走的时候，健壮的加那利女人健步如飞，三毛则吭吭哧哧，走四五步，就停下来，喘一口气，再提十几步，再停，再走，面红耳赤，汗流如雨，脊椎痛得发抖，步子也软了。
家里煤气用完的时候，三毛实在没有力气将空桶拖去镇上换，便常常借了邻居的铁皮炭炉子，蹲在门外扇火，烟呛得眼泪流个不停。

没有书报，没有电视，没有收音机。吃饭坐在地上，睡觉换一个房间再躺在地上的床垫上。墙在中午是烫手的，在夜间是冰凉的。运气好的时候，电会来，但大半时间是没有电的。夜晚的时候，三毛就点上白蜡烛，静静地看它的眼泪淌成什么形象。

71

没有抽屉,没有衣柜,衣服就放在箱子里,鞋子和零碎东西装进大纸盒,写字要找一块板放在膝盖上写。夜间黑色的冷墙看了使人觉得阴寒。

每一次荷西要离开,三毛总是难以忍受。荷西赶夜间交通车回工地,等他将门咔嗒一声带上时,三毛的眼泪就会没有理性地流下来。她冲上天台,看到他的身影,又冲下来出去追他,跑得气也喘不过来。

"你留下来行不行?求求你,今天又没有电,我很寂寞。"她哀求。

荷西很难过,也红了眼圈。可是,第二天,他必须要工作,早晨走,一定不能及时赶到。他只有用力抱抱三毛,把她往家的方向推。三毛一面慢慢跑步回去,一面忍不住又回头去看。荷西也在远远的星空下朝她挥手。

嗳!爱人呐!我怎么舍得与你分别,哪怕就一天!你走后,心底的思念开始疯长,寂寞早已泛滥成灾。请留下来,和我在一起。没有你,我怎么捱过一个又一个漫长的白天?

为了排遣寂寞,没事的时候,三毛常常跟卖水的大卡车,去附近几百里方圆的沙漠奔驰,夜间自己搭帐篷睡在游牧民族的附近。因为一位外籍军团退休司令的关照,没有人敢动她。她也总会带一些美丽的玻璃珠串、廉价的戒指、发光的钥匙、白糖、锦纶鱼线、药、烟、奶粉、糖果之类的东西送给一无所有的居民。每次旅行回来,全身像被强盗抢劫过了似的空空如也。那些贫穷的撒哈拉威有时候连她帐篷的钉子都拔走。

第四章
筑巢——罗马不是一天造起来的

在阿雍,三毛和荷西的家,虽然没有门牌号码,但是,所有的人都认得。因为他们租住的家,在撒哈拉威人的房屋中间,区别实在是太明显了。经过两个人一年多的艰苦奋斗,他们的爱巢从一无所有,最后变身成为沙漠中最美的"宫殿"。

荷西抱着她的新娘走进阿雍小镇坟场区租住的小屋时,只走了四大步,走廊就走尽了。房子中间开着一块四方形的大洞,一间较大房间面向着街,横四大步,直五大步。另外一间,小得除了能放下一个大床之外,只有进门的地方,还有手臂那么宽大的一条横的空间。厨房是四张报纸平铺起来那么大,有一个污黄色裂了的水槽,还有一个水泥砌的平台。浴室有抽水马桶,没有水箱,有洗脸池,还有一个白浴缸。地是水泥地,糊得高低不平,墙是空心砖原来的深灰色,上面没有再涂石灰,砖块接缝地方的干水泥就赤裸裸地挂在那儿。抬头看,光秃秃吊着的灯泡很小,电线上停满了密密麻麻的苍蝇。墙左上角有个缺口,风不断地灌进来。打开水龙头,流出来几滴浓浓绿绿的液体,没有一滴水。

这就是刚来时的家。满目疮痍,几乎一无所有。可是,面对爱人,三毛虽然内心很失望,仍恳切地说:"很好,我喜欢,真的,我们慢慢来布置。"

沙漠的第一夜,三毛缩在睡袋里,荷西包着薄薄的毯子。在近乎零度的气温下,两个人只在水泥地上铺了帐篷的一块帆布,冻到天亮。

就像燕子衔泥筑巢似的,三毛开始了大采购:一个极小的冰箱、一只冷冻鸡、一个煤气炉、一条毯子、一个价格贵得没有道理的床垫、五大张沙哈拉威人用的粗草席、一个锅、四个盘子、叉匙各两份、水桶、扫把、刷子、衣夹、肥皂、油米糖醋……

东西贵得令人灰心,三毛拿着荷西给的薄薄的一叠钱,实在不敢再买下去。来之前父亲给的钱,被存进了中央银行的定期存户,荷西不愿意用岳父大人的钱,他希望用自己挣来的钱,来供养这个家。

做饭的时候,两人从邻居那借了半桶水,荷西在天台上清洗大水桶内的脏东西,三毛煮饭。因为只有一个锅子,所以等米煮熟了,倒出来,再做半只鸡。后来悟出道理来了,把生米和菜肉混在一起煮,变成菜饭,这样就不用分开两次做,倒是简单多了。

家具奇缺,成品家具贵得离谱,荷西决定自己动手做家具。三毛拿着荷西事先写好的单子去问镇上的材料店,被告知要两万五千块以上,木料还缺货。他们手上的钱,还不够买几块板子的。

经过这家店外的广场,三毛突然看见外面丢了一大堆装货的长木箱,于是又跑回店去,问老板是否可以送给她五个(后来她才知道,那些大木箱是装棺材的)。老板很和气地同意了,三毛马上去沙哈拉威人聚集的广场叫了两辆驴车,将五个空木箱装上车。又买了锯子、榔头、软尺、两斤大小不同的钉子、滑轮、麻绳和粗的磨砂纸这些工具。为防止邻居把宝贝箱子拾走,三毛五分钟就要看一次箱子还在不在,一直紧张到黄昏荷西回家。

那天晚上,荷西和三毛合力将木箱用滑轮车拖上天台,拆解木箱。星期六早晨,荷西开始根据自己的家具绘图锯木板,三毛给每块木板编号。太阳像溶化的铁浆一样洒下来,在屋外的两人被晒得眼前天旋地转。可是荷西不说一句话,像希腊神话里的神祇在推着他的巨石一样。三毛为有这样的一个丈夫感到十分骄傲。过去她只看过他整齐打出来的文件和情书,今天又认识了一个新的丈夫。

等到他们正式结婚的时候,这个家,已经有了一个书架,一张桌子,卧室空间架好了长排的挂衣柜,厨房在炊事台下塞有一个小茶几放油糖瓶，还有新的沙漠麻布的彩色条纹的窗帘。当然，客人来了还是要坐在席子上，也没有床架，墙也没有粉刷。

横渡沙漠的蜜月一结束，离荷西上班只有一星期了，两个人又开始疯狂地布置这间陋室。他们向房东要求糊墙，房东不肯，镇上的房租都在三百美金以上，他们没有足够的钱请工人，只好又是自己动手。他们买了石灰、水泥，再去借梯子、工具，三毛调石灰水泥，荷西粉刷，日日夜夜地工作，两个人就靠吃白面包、牛奶和多种维生素维持体力，可怜的俩人儿都瘦得只剩下大眼睛，饿得脚步都不稳了。

最后一天，这个家，里里外外粉刷成洁白的，在坟场区内鹤立鸡群，没有编门牌也不必去市政府申请了。

再后来，三毛用空心砖铺在房间的右排，上面用棺材外板放上，再买了两个厚海绵垫，一个竖放靠墙，一个贴着平放在板上，上面盖上跟窗帘一样的彩色条纹布，后面用线密密缝起来，做成了一个货真价实的长沙发。重重的色彩配上雪白的墙，分外的明朗美丽。

桌子用白布铺上，上面放了三毛母亲寄来的细竹帘卷和陶土的茶具。书架油了一层深木色，书架的感觉又厚重多了。三毛的爱友林复南寄来了大卷现代版书，平先生航空送来了大箱的皇冠丛书。三毛的父亲下班看到怪里怪气的海报，也会买下寄过来。姐姐向她进贡衣服，弟弟们更有意思，搞了一件和服似的浴衣来给荷西，穿上了像三船敏郎——三毛最欣赏的几个男演员之一。

等到三毛的母亲寄来的棉纸灯罩低低地挂着，林怀民那张黑底白字的"灵门舞集"四个龙飞凤舞的中国书法贴在墙上时，这个家，开始有了说不出的气氛和情调，有了精益求精的心情。

荷西上班的时候，三毛就到家对面的垃圾场去拾破烂。用旧的汽车外胎，拾回来洗清洁，平放在席子上，里面填上一个红布坐垫，像一个鸟巢，谁来了都抢着坐。深绿色的大水瓶抱回家来，上面插上一丛怒放的野地荆棘，感觉有一种强烈的在痛苦中挣扎的诗意。不同的汽水瓶，用小罐的油漆给它们厚厚地涂上印第安人常用的图案和色彩。快腐烂的羊皮，拾回来学沙哈威人先用盐，再涂"色伯"（明矾）硝出来，又是一张坐垫。结婚时荷西送的礼物——骆驼的头骨早已放在书架上，三毛又逼着荷西用铁皮和玻璃做了一盏风灯。

沙漠里没有绿色，三毛想办法精心栽培了九盆盆景，甚至和荷西深夜翻总督家的矮墙过去偷挖植物。她还不满足，为了得到一台录音机和录音带，她经常步行到很远的"外籍兵团"的福利社去买菜。那里的菜价格比一般的杂货店要便宜三分之一。

一天，三毛照例穿过撒哈拉威人的大坟场去镇里的时候，看到一个极老的撒哈拉威男人坐在坟边刻石头，脚下堆了快二十个石刻的形象，有立体凸出的人脸，有鸟，有小孩的站姿，有妇女裸体的卧姿正张开着双脚，私处居然又连刻着半个在出生婴儿的身形，还刻了许许多多不同的动物，羚羊、骆驼……

三毛简直震惊得要昏了过去，她拿了他三个雕像，塞给他一千块钱，进镇的事也忘了，就往家里逃去。老头追了上来，又拾起了两只鸟的石像塞在她怀里。那一天，三毛饭也没有吃，躺在地上把玩这伟大无名氏的艺术品，内心的感动不能用字迹来形容。

沙哈拉威邻居看见三毛买下的东西是花了一千块弄来的，笑得几乎快死去，以为三毛是一个白痴。他们哪里知道，对三毛来说，这是无价之宝啊！

第二天，三毛拿着两千块钱又去坟上，可是那个老人没有再出现。烈日照着空旷的坟场，除了黄沙石堆之外，一无人迹。那五个石像，好像鬼魂送的纪念品，三毛感激得不得了。

屋顶的大方洞，不久也被荷西盖上了。

家里，又陆续添了羊皮鼓、羊皮水袋、皮风箱、水烟壶、沙漠人手织的彩色大床罩，奇形怪状的风沙聚合的石头——当地人叫它沙漠的玫瑰。订的杂志也陆续地寄来了，除了西班牙文及中文之外，当然还少不了她爱看的美国的《国家地理杂志》。

正是这本杂志，激起了三毛往沙漠奔来的欲望，最终引领她来到了撒哈拉沙漠这片28万平方公里的西国属地。三毛后来在《白手成家》一文中这样写道："不记得在哪一年以前，我无意间翻到了一本美国的《国家地理杂志》,那期书里,它正好在介绍撒哈拉沙漠。我只看了一遍,我不能解释的,属于前世回忆似的乡愁,就莫名其妙、毫无保留地交给了那一片陌生的大地。"

在一年以后,三毛的家,已经成了一个真正艺术的宫殿,舒适、清洁而美丽。

其实,这个家里的很多东西,对沙哈拉威人来说,没有一样是必要的。而三毛却脱不开这个枷锁,一定要使四周的环境复杂得跟从前一样。或许,这就是她内心一种风花雪月的情结吧?过惯了文明人的文明生活,即使到了沙漠里,同样逃脱不开文明的约束。

"宫殿"建成了,麻烦也随之而来。

三毛曾教了邻近妇女们快一年的功课,但是她们不关心数字,也不关心卫生课,她们也不在乎认不认识钱。她们每天来,就是跑进来要借穿三毛的衣服、鞋子、要口红、眉笔、涂手的油,再不然集体躺在她的床上。因为对于睡地席的她们来说,床是多么新鲜的事。

她们来了,整齐的家就大乱起来。看到喜欢的图片,就从杂志上撕走;衣服不告而取,过几天又送回来时,已经脏了,扣子也被剪掉了;简直就像上演惊心动魄的"灾难电影"似的,三毛不堪其扰。等荷西买下了电视时,她们再用力敲门,三毛也不开了。

在沙漠,三毛竟也遭遇了一次"艳遇"。

因为三毛的家实在太吸引人,荷西单身的同事们放假了,总也不厌地老远跑来坐上一整天,三毛总想尽办法给他们吃到一些新鲜的水果和菜蔬,也做糖醋排骨。就这样,荷西交到了几个死心塌地的爱友,但没想到同时也有了"小麻烦"。

有一阵子,荷西每周都从单位带回一大把最名贵的"天堂鸟"花。花,是荷西的同事马诺林送的。荷西还稀里糊涂,但是敏感的三毛觉察到了马诺林的情感,她单独喊他见了一次面,感谢他给予自己的赞美和鼓励,请他不要再送花了。过了一周,马诺林突然辞职了,送给荷西一堆书,其中竟有一本《在亚洲的星空下》,令三毛的内心无端地怅然起来。

这以后，荷西的单身朋友们来，三毛总是特别留意自己的言行。安心在厨房里当主妇，而不再像以前一样挤在他们中间辩论天南地北的话题。

在用手洗了不知多少床单之后，一架小小的洗衣机被荷西搬回来了。

可三毛仍不满足，她要一匹"白马"，像彩色广告上的那匹一样。为了节省六千多块钱的利息，三毛和荷西省吃俭用，终于凑齐了一次性支付的买车钱。

一天，当荷西把小车开到家门口时，三毛几乎是冲出家门去看它的。有了车，出门不再用步行，生活范围也可以扩大，欣赏沙漠奇观的愿望也可以得到满足，真是令人无比振奋的一件事情。

三毛一心一意地爱着这个新来的"沙漠之舟"。每天，荷西下班了，她就拿一块干净的绒布，细心地去擦亮它，不让它沾上一丝尘土。连嵌进轮胎里的小石子，都用镊子把它们挑出来，只怕自己没有尽心服侍着这个带给人极大欢乐的伙伴。

后来，摩洛哥和毛里塔尼亚要瓜分西属撒哈拉，各国的记者都带了大批摄影装备来到了这块风云地带。三毛和荷西开车遇到了一位通讯社派来的记者，并帮助他把车从沙坑里拖出来。半个月后，这位记者带着另一个同事前来道谢，这个外国人用英文对另外一个轻轻说："天呀！我们是在撒哈拉吗？天呀！天呀！""天啊！这是我所见最美丽的沙漠家庭。"他们东张西望，又忍不住去摸三毛从坟场上买来的石像，啧啧赞叹，三毛骄傲地笑了。

又过了几个星期，三毛和荷西在镇上等看电影，又遇到另一个外地人，自我介绍是荷兰人，受西班牙政府的委托，来这里承造一批给沙哈拉威人住的房子。听有的通讯社记者说，这里有一个全沙漠最美丽的家，便想去看看，给一些参考。

第二天，那个荷兰人来了，拍了很多照片，问三毛当初租到这个房子时是什么景象。

三毛给他看了第一个月搬来时的一卷照片。

荷兰人临走时对三毛说:"请转告你的先生,你们把美丽的罗马造成了。"

三毛回答他:"罗马不是一天造成的。"

又有一天,房东来了,一向进门从来不坐的房东,走进来,坐下了,又起身大摇大摆地各处看了一看。接着他说:"我早就对你们说,你们租下的是全撒哈拉最好的一幢房子,我想你现在总清楚了吧!"原来,房东是想涨房租。

三毛心里气得直想骂他是只猪,但是她没有说一句话,转身拿出合约书来,冷淡地丢在他面前,对他说:"你涨房租,我明天就去告你。"

房东也发怒了,骂三毛,说你们西班牙人要欺负我们沙哈拉威人。

三毛回敬他:"你不是好回教徒,就算你天天祷告,你的神也不会照顾你,现在你给我滚出去。"

她关上门,任由房东在门外骂街,自己放上一卷录音带听。她走到轮胎做的圆椅垫里,慢慢地坐下去,好似一个君王。

爱就是创造,爱就是给予。

有人说,"贫贱夫妻百事哀"。但是荷西和三毛,这对沐浴在爱中的男女,不知道什么是苦,把一个空空的水泥房,装饰得舒适温馨,在贫瘠的沙漠里,将日子过得风生水起。三毛,这个从小喜欢捡破烂的女孩,哦不!这时候应该叫她女人。这个从小喜欢捡破烂的女人,像蚂蚁搬家一样,从沙漠里捡回那些稀奇古怪的玩意儿,一点一点装点属于她和荷西的爱的小窝。以苦为乐,乐在其中,乐此不疲。

这是他们的宫殿,一个世上最奢华的地方。

第五章
探奇——生死边缘见真情

"世界上没有第二个撒哈拉了,也只有对爱它的人,它才向你呈现它的美丽和温柔,将你的爱情,用它亘古不变的大地和天空,默默地回报着你,静静地承诺着对你的保证,但愿你的子子孙孙,都诞生在它的怀抱里。"

——三毛《哭泣的骆驼》

撒哈拉沙漠,三毛魂牵梦萦的地方。一年四季,春夏秋冬,每个晨昏,都向人们展示它不同的风貌。时而温柔,连绵的沙包像女人的胴体一样起伏,静谧迷人;时而狂暴,像一头发怒狂吼的狮子,沙尘漫天。还有那些当地撒哈拉威人的风俗习惯,总让三毛感到好奇,总想一探究竟。于是,她总是不停地奔走、探秘,有时一个人,有时和荷西一道。那些探秘的经历,有时令人惊诧,有时令人忍俊不禁。但是,有两次探奇,因为好奇心,却险些丢掉性命。

一天黄昏,荷西在理发店理发,三毛一个人揣了一张蓝票子四处闲逛。在理发店后面的一条街,她发现一间没有窗户的破房子,门口堆了一大堆枯干的荆棘植物,房子的门边挂了一块牌子,上面写着"泉"。好奇的三毛把头伸进虚掩着的木门,还没有看见什么,就听到有人吃惊地怪叫起来——"啊……啊……"同时彼此嚷着阿拉伯话。

三毛赶紧转身跑了几步,一个中年男人披了撒哈拉式的长袍追出来,气冲冲地质问她为什么偷看人洗澡。

"怎么洗？你们怎么洗？"三毛大为兴奋，因为她头一次听说沙哈拉威人也洗澡。

　　男人告诉三毛，女人也可以洗澡，时间是早晨八点到中午十二点，澡资四十块钱。三毛连忙跑去理发店告诉荷西这个新的好去处。

　　第二天早晨，三毛抱着大毛巾，兴致勃勃地到"泉"去体验洗澡。她看到房间里乱七八糟丢着的锈铁皮水桶，里面一个小房间，有几条铁丝横拉着，铁丝上挂满了沙哈拉威女人的内衣、还有裙子和包身体的布等等，同时也闻到一股很浓的怪味，她赶紧闭住呼吸。

　　老板娘请她脱衣服，三毛一声不响，将衣服脱掉，剩下里面事先在家中穿好的比基尼游泳衣。老板娘推开里边的一个门，泉，终于出现了。沙漠里第一次看见地上冒出的水来，居然在一个房间里，三毛惊讶极了。

　　在更里面的一间小屋子，地上坐着成排的女人，一个大水槽内滚着冒泡泡的热水，整个房间雾气滚滚，很像土耳其浴的模样。每一个女人都用一片小石头沾着水，在刮自己身体，每刮一下，身上就出现一条黑黑的浆汁似的污垢，不用肥皂，也不太用水，要刮得全身的泥都松了，才用水冲。她们全裸的身体是那么胖大，相比较之下，三毛就像一根长在大胖乳牛身边的细狗尾巴草，黯然瘦小。

　　一个女人已经刮得全身的黑浆都起来了，还没来得及冲掉，外面另一间屋子里，她的孩子哭了，她光着身子跑出去，将那个几个月大的婴儿抱进来，就坐在地上喂起奶来。女人下巴、颈子、脸上、头发上流下来的污水流到胸部，孩子就混着这个污水吸着乳汁。三毛呆看着这可怖肮脏透顶的景象，简直要呕吐，转身跑出这个房间。

　　老板娘很奇怪三毛花了四十块钱不洗澡就来看看，她告诉好奇的三毛，撒哈拉威女人不但洗身体外面，也洗里面。一天要洗内部三次，一共洗七天才完毕。

　　为了满足自己的好奇心，三毛央求荷西陪自己去勃哈多海湾，看撒哈拉威女人怎样"洗里面"。他们躲在一块岩石后，看到三五个全裸的沙哈拉威女人在提海水，倒入一个很大的罐子内，这个罐子的下面有一条皮带管可以通水。一个女人半躺在沙滩上，另外一个将皮带管塞进她体内，如同灌肠一样，水经过管子流到她肠子里去，连着灌了四次，接着又往嘴里灌水。那个被灌水的女人呻吟尖叫，好似在忍受着极大的痛苦，三毛在石块后面看得心惊胆战。

被灌水的女人慢慢走向三毛他们藏身的大石块，蹲在沙地上开始排泄，肚内泻出了无数的脏东西，泻一堆，退几步，再泻，同时用手抓着沙子将面前泻的粪便盖起来，一直泻了十几堆还没有停。等这个女人蹲在那里突然唱起歌时，三毛忍不住哈哈大笑特笑起来，结果帐篷里跑出许多人，气势汹汹地追过来，吓得两个人连漂亮的凉鞋也顾不上拿，飞奔上车猛踩油门就溜了，总算捡回一条命。

在装扮陋室的过程中，三毛总觉得家里还差植物，没有绿意。于是，一天晚上，她和荷西爬进了总督家的矮墙，用手拼命挖他们家的花。挖了三棵，连带泥土一起装进塑胶袋，三毛还想要一棵更大的爬藤植物。可是植物的根很深，挖了半天也没挖出来

突然，站在总督前门的那个卫兵慢慢踱过来了，三毛吓得魂飞胆裂，将大包塑胶袋一下塞在荷西胸前，急叫他："抱住我，抱紧，用力亲我，狼来了，快！"荷西一把抱住她，把可怜的花夹在了他们中间。

卫兵快步走上来，枪弹咔哒上了膛："做什么？你们在这里鬼鬼祟祟？"

"我——我们——"两个人支支吾吾答不上来。

士兵以为他们是一对恋人，喝道："快出去，这里不是给你们谈情说爱的地方。"

三毛和荷西彼此用手抱紧，向短墙走去，心里还在想，爬墙时花不要掉出来才好。

"嘘，走大门出去，快！"卫兵又大喝。

哈哈，正合我意！两个人慢步互抱着跑掉了，临走三毛还向卫兵

鞠了一个十五度的躬。

三毛后来把这件事告诉了那位外籍军团的老司令,把他逗得大笑了好久好久。

回教"拉麻丹"斋月马上就要结束了。三毛这几天每个夜晚都去天台看月亮,因为当地人告诉她,第一个满月的那一天,就是回教人开斋的节日。邻居们杀羊和骆驼预备过节,三毛也正预备入乡随俗,等着此地妇女们用一种叫做"黑那"的染料,将手掌染成土红色美丽的图案。

一个风和日丽的星期日,三毛骑上被孩子们丢在路边的脚踏车在附近转圈子玩。下车的时候,她突然看见地上有一条用麻绳串起来的本地项链——当地人男女老幼都挂着的东西。她很自然地捡了起来,细细地看了一下:它由一个小布包、一个心形的果核,还有一块铜片,这三样东西穿在一起做成的。

这种铜片三毛早就想要一个,后来没看见镇上有卖。她把它捡回家,剪断了麻绳,丢了小布包和果核,用去污粉把那片四周镶了美丽的白铁皮的锈红色铜片洗干净,找了一条粗的丝带,挂在颈子上。

谁想到,意外的事情一桩接着一桩,先是录音机乱转,录音带全都搅在一起,然后三毛开始一个接一个打喷嚏,一连打了几十个也没停,连鼻血都打出来了,眼睛也肿了,头也晕了,胃也抽筋了,还狂呕,全身剧痛,好似一个破布娃娃,正在被一个看不见的恐怖的东西将自己一片一片地撕碎。眼前一片黑,什么都看不见,但是神智很清楚。嘶喊到喊不动的时候,三毛开始咬枕头,抓床单,汗湿透了全身。

荷西抱着三毛去医院,但是星期天医院没有医生。他们又跑去沙漠军团营房,医官也看不出来毛病。等他们开车往家走,车子突然刹车失灵,从斜坡上飞快地滑下去,若不是荷西急打方向盘撞向沙堆,就差点撞到一辆大卡车。奇怪的是,大卡车驾驶员试驾他们的车的时候,刹车却是好的。

像做梦一样,两个人回到家,荷西大力关车门的时候,车门压到了三毛的四根手指，拉开车门的时候，手指头血淋淋的。接着，三毛的下身又流血了，血像泉水一样冲出来，裙子湿了一大块，人也轻飘飘的了。

这时候，邻居罕地的妻子葛柏突然发现了三毛脖子上挂的项链，惊骇地退后了好几步，连连叫："快，快去拿，她要死了，你们这两个不知天高地厚的傻瓜。"

荷西跑过去拽掉项链，罕地脱下鞋子，用力打荷西的手，把小铜牌打掉在地上。就在这时，三毛用去污粉擦过小铜牌又去擦厨房里的咖啡壶，煤气筒又莫名其妙地泄露了，几个人赶紧跑出门去。罕地去街对面捡了一些小石块，让荷西用这些小石块把铜牌围起来，荷西照做了。那晚，他们没有回家，家里门窗大开着，让煤气吹散。

后来，荷西的三个沙哈拉威同事告诉他们，这是最毒最厉的符咒，是南边毛里塔尼亚那边的巫术。这种符咒的现象，就是拿人本身健康上的缺点在做攻击，它可以将这些小毛病化成厉鬼来取人的性命。

后来，床边的牌子，由回教的教长，当地人称为"山栋"的老人来拿去。他用刀子剖开二片夹住的铁皮，铜牌内赫然出现一张画着图案的符咒。三毛亲眼看见这个景象，全身再度浸在冰水里似的寒冷起来，简直是一场恶梦。

多年以后，有一次三毛去演讲，回答听众提问的时候涉及戴了符咒中了邪的故事。

三毛说："天地间有很多神秘的感情不能单单用科学来解释，我自己遭遇到很多科学不能解释的事情。我写《死果》，描述在沙漠里捡到符咒，挂在身上发生很多奇怪的事。至于说到沙漠里碰到这种邪门的事，我认为这是我们不可说的，我也不能解释，在这件事上我只是把我的经历写出来，我没有责任去解释，更何况在我们中国古老社会里，就有这样的事。"

"信则有，不信则无。"我们无法甄别三毛写作《死果》一文中那些异象的真实性，就像她说的，这种邪门的事情，不可说，也不能解。真的也好，假的也好，都不重要。她让我们领略了毛里塔尼亚巫术的魔力,从这件事情上,又能够看出,荷西和三毛的命运,再一次紧紧连在一起,生死相依,无可分离。

荷西和三毛最惊险的一次差点把命送掉的探险,发生在来回两百四十多公里的迷宫山。

迷宫山是附近三百里内唯一的群山,事实上它是一大群高高的沙堆,散布在大约二、三十里方圆的荒地上。这些沙堆因为是风吹积成的,所以全是弧形的,在外表上看去一模一样。这些一百公尺左右高的沙堆,每一个间隔的距离都是差不多的。人万一进了这个群山里,一不小心就要被迷住失去方向。

进了迷宫山,直到仪表盘显示比预定里程增加了两三里路,荷西车速才慢下来,出现在他们面前的是一片深咖啡红色的低地,低地上面笼罩了一层淡灰紫色的雾气。荷西将车停住,下车去看地,一边倒着跑,一边让三毛开车跟着,结果不小心陷进了泥沼。幸亏在他右边有一块突出来的石头,抱住了,才没有完全陷进去。

这几秒钟内发生的意外,让三毛惊慌失措。车内,除了那个酒壶之外,只有两个空瓶子和一些《联合报》,行李箱内有一个工具盒,其他什么也没有。她四处疯狂地乱跑,希望在地上捡到一条绳子,几块木板,或者随便什么东西都好。但是四周除了风声之外就是沙,什么都没有。太阳,也已经要落下去了。几小时之内,这个地方要冷到零度,荷西如果无法出来,就要活活被冻死了。

"三毛,进车里去,去叫人来。"荷西喊着。

"我不能离开你。"三毛突然情感激动起来。如果从迷宫山开到检查站,再去叫人回来,天一定已经黑了。天黑不可能再找到迷宫山回到荷西的地方,只有等天亮,而天亮时荷西一定已经冻死了。三毛的脑筋里疯狂地挣扎,是离开他去叫人,冒着回不来救他的危险,还是陪着他一同冻死。

正在这时,突然地平线上有车灯。三毛一愣,跳了起来,一面疯了似地去按车子的喇叭,一面又打开车灯一熄一亮吸引他们的注意,然后又跳到车顶上去挥着双手乱叫乱跳。

来的是一辆沙漠跑长途的吉普车，车上三个沙哈拉威男人。谁知道，他们不但不救荷西，还对三毛不怀好意，其中一个跳到三毛背后，一把抱住了她的腰，左手就摸到她胸口来。三毛本能地挣扎起来，又吼又叫。

荷西在那边看见山坡上发生的情形，哭也似的叫着："我杀了你们。"准备放开石头踏着泥沼拼出来，三毛赶紧大哭大叫着制止他。三个沙哈拉威人注意力放到荷西身上去了，三毛用尽全身的气力，举起脚来往抱她的人下腹踢去，趁他吃痛放手，转身便逃。另外一个人跨了大步来追，三毛蹲下去抓两把沙子往他眼睛里撒去，趁他两手蒙住脸的空当，踢掉脚上的拖鞋，光脚往车子的方向没命地狂奔，跳进车内，开了引擎，看了一眼留在石块边的荷西，心里像给人鞭打了似的抽痛。

三毛驾着车，在迷宫山左冲右突，但就是甩不掉那辆车。于是想办法灭了灯，紧急转弯到吉普车追来方向后面的沙堆去，熄火停靠在靠近沙堆的阴影里，开了车门，爬出去，手里握着一把弹簧刀，浑身发抖。

吉普车找了一圈没找到三毛的车，又加速往前开，终于开远了。三毛回到车上，想到沼泽里的荷西，几乎万念俱灰。无意中她看见车子的后座，那块坐垫是可以整个拆下来的，马上去开工具箱，拿出起子来拆螺丝钉，一面双手用力拉坐垫，拆下坐垫，丢进后座，掉转车头往泥沼的方向开去。

"荷西，荷西！"三毛推开车门，一面抖着一面像疯子一样上下沿着泥沼的边缘跑着，狂喊着。泥沼静静地躺在黑暗中，偶尔冒些泡泡，泥上寂静一片，看不见荷西，也没有那块突出来的石头。

荷西死了，一定是死了，这种恐惧令人要疯狂起来。三毛逃回到车里去，伏在驾驶盘上抖得像风里的一片落叶。

不知过了多久，三毛听见有很微弱的声音在叫："三毛……三毛……"那是荷西在叫！他还没死！车灯下，荷西双手抱住石块，头枕在手臂里，一动也不动。

三毛将车垫拉出来，把它用力丢出去，它浮在泥上没有沉下去。她又跑回去，用千斤顶将车子摇起来，将备胎、前胎、后胎全都拆下来，将它们挨个丢进稀泥里。为防止荷西睡着，三毛朝他丢小石块去打他，要他醒着。最后一个轮胎，离荷西还是有一段距离。三毛扯下自己的衣服，用刀割成四条宽布带子，打好结，再将一把老虎钳绑在布带前面，朝荷西丢过去，荷西一把抓住了。三毛一下子松了口气，跌坐在轮胎上哭了起来。哭了几声，想起荷西，又赶快拉他，但是怎么拉也没拉动。荷西让她把带子绑在车胎上，自己一点点拉过来。到了最近的轮胎，三毛再解开带子，绑到下一个轮胎给他再拉近，因为荷西已经冻得太久，没有气力在轮胎之间跳上岸。

　　就这样一点一点挪动，荷西终于上了岸，但马上又倒下去了。三毛赶紧跑回车内去拿酒壶，给荷西灌了好几口酒，又将车内暖气开大，用刀子将他的湿裤筒割开，将他的脚用割破的衣服带子用力擦，再将酒浇在他胸口替他擦。好一会儿，荷西的脸开始有了些血色，眼睛张开了一下又闭起来。又过了半小时，他才完全清醒了，张大着眼睛，看着只穿着内衣裤，满身泥水的三毛，一下子抱住她流下眼泪，还以为她被撒哈拉威人欺负了。三毛赶紧解释，自己是想办法逃过了。

　　轮胎装好了，开车回家的路上，荷西呻吟似地问："三毛，还要化石么？"
　　"要。"三毛简短地回答他。
　　"你呢？"三毛问。"我更要了。"
　　"什么时候再来？"
　　"明天下午。"

　　这简直是一场沙漠惊魂之旅！在生死关头，三毛运用智慧，保全了自己的清白，更没有放弃落难中的丈夫，不离不弃，想尽一切办法拯救他的生命。在生死攸关的考验面前，两个人之间金子般珍贵的爱，再一次得到了升华。你是我的依靠，我是你的守护神，你中有我，我中有你，再没有什么艰难险阻能将你我分开。

87

第六章
角色——你还能再多点身份吗

在撒哈拉，荷西成了邻居的电器修理匠、木匠、泥水工，而三毛简直就是一个无所不能的魔术师，兼具了厨师、医生、媒婆、教师、裁缝、代书、摄影师、公交司机等等多重身份。

先说说厨师。

三毛一向对做家务事十分之痛恨，惟独对做菜却十分有兴趣。和荷西结婚后不久，三毛的母亲从台湾给她寄了大批粉丝、紫菜、冬菇、生力面、猪肉干等食材，欧洲女友又寄来了罐头酱油，三毛的"中国饭店"就此开张。

荷西没有吃过台湾的中餐，所以，三毛做菜做得随心所欲，还故意逗他玩。

第一次是做"粉丝煮鸡汤"，三毛告诉荷西，那细细的粉丝叫"雨"，是春天下的第一场雨，下在高山上，被一根根冻住了，山胞扎好了背到山下来一束一束换了买米酒喝，很不容易买到；第二次吃粉丝是做"蚂蚁上树"，三毛告诉荷西，粉丝是钓鱼的锦纶线，中国人加工变成细细软软的了；第三次吃粉丝，是把粉丝夹在东北人的"合子饼"里与菠菜和肉搅得很碎当饼馅。荷西又以为粉丝是鱼翅，还要写信告诉三毛母亲，以后不要买这种鱼翅了，因为它们很贵，把三毛笑得肚子痛。

三毛趁荷西上班的时候，将藏好的猪肉干剪成一小块一小块的，装在瓶子里，藏在毯子下面。有一天无意中被荷西发现，塞了一把在口中，连叫："好吃！"三毛骗他那是治咳嗽的喉片，结果，荷西偷了大半瓶"喉片"送给同事们吃。那以后，荷西的同事见到三毛，全都假装咳嗽，想再骗猪肉干吃。

再一次，三毛做了日本寿司，用紫菜包饭，里面放些肉松。荷西担心外面包的是印蓝纸、复写纸，不肯吃。三毛一下子连吃了好几个，故意张开口给他看有没有蓝色。荷西也夹了一个吃，才明白米饭卷外面包的是海苔。

航空寄来的中国东西快要吃完了，三毛舍不得了，做了几天牛排，可是荷西才吃三天就吃腻了，闷闷不乐地要"中国饭店"重新开张。

荷西家开了"中国饭店"的事情被他的老板知道了，一定要来体验体验"笋片炒冬菇"。家里没有笋片，三毛用小黄瓜炒冬菇，老板这顿饭不但吃得心满意足，还说这是他一生吃到的最好的一次"嫩笋片炒冬菇"。并且，临走上车，还特别对三毛说，如果公共关系室将来有缺，希望她也来参加工作，做公司的一分子。这可全是"笋片炒冬菇"的功劳啊！

老板走后，荷西追问那个笋片到底是什么，三毛老实坦白了。两个人在家笑得十分放肆，荷西连称三毛是"七十二变"的孙悟空，真是一个聪明绝顶的妻。

后来，三毛把这段好笑的经历写了出来，题目就叫《中国饭店》，发表于1974年10月6日的《联合报》，那也是第一次以笔名"三毛"出现。

然后说说医生。

三毛自己是一天到晚小病不断的。所以，一大纸盒的药一直随身带着，用久了，也自有一点治小病的心得。住到小镇阿雍以后不久，一个非洲邻居因为头痛来要止痛药，三毛请她去政府办的医院。可是，那些终日黑纱蒙面的非洲妇女情愿病死也不看医院的男医生，出于无奈，三毛分了两片止痛药给她。结果，不晓得谁的宣传，以后，四周妇女总是来找三毛看小毛病，三毛怀着一颗悬壶济世的心，不但给她们药，偶尔还会附赠一些西方的衣服。那些分到药的妇女和小孩，百分之八十都药到病除，三毛的胆子渐渐大了起来，有时竟然还会出诊。只有荷西替她捏把冷汗，认为她是在乱搞。

邻居姑卡十岁，快要出嫁了，出嫁前半个月，大腿内长了一个红色的疖子，肿得像核桃那么大。连续用消炎药三四天以后，疖子还没消，姑卡的父母坚决不送她去看医生。三毛回家后，做起了"非洲巫医"，磨了黄豆糊，包在姑卡的疖子上，没想到，第二天，疖子就变软了，换"药"以后，第三天露出黄色的脓，第四天下午流出大量的脓水，出了一点血，涂过药水以后，不出几天就完全好了。三毛得意地向荷西炫耀，荷西根本不明白黄豆还能有这等功效，不解地摇摇头，嘟哝着："你们中国人真是神秘。"

又有一天，三毛的邻居哈蒂耶陀来找她，说她从大沙漠来的表妹快要死了，请三毛过去看看。听说人快要死了，荷西不同意三毛多管闲事，担心万一人真的死了，被人赖是三毛医死的。可是三毛好奇心重，人又胆大，趁荷西上班以后，偷偷溜出去看病人。

到了哈蒂耶陀家，三毛看见一个骨瘦如柴的女孩躺在地上，眼睛深得像两个黑洞洞。摸摸她，没有发烧，舌头、指甲、眼睛内也都是很健康的颜色。再问她哪里不舒服，只说眼睛慢慢看不清，耳朵一直在响，没有力气站起来。

三毛灵机一动，从家里拿了十五粒最高单位的多种维生素给她，嘱咐一天服用两三次，还让哈蒂耶陀杀一只羊，煮羊汤给表妹喝。没想到，没过十天，那个"快要死"的女孩竟然自己走来三毛家，坐了半天才回去。荷西看了十分惊奇，问三毛那女孩得的什么病。三毛笑嘻嘻地说："没有病，极度营养不良嘛！""你怎么判断出来的？"荷西问。"我想出来的。"看到荷西赞许的目光，三毛再次感到得意之极。

三毛行医的胆子越来越大，甚至异想天开凭一本接生的书、一把剪刀、一卷棉花和一瓶酒精，就要帮羊水已经破了的法蒂玛接生，这一次，荷西无论如何不允许了，强行把法蒂玛送到政府医院，生下了一个小男孩。

给人接生的愿望没实现，三毛又打起了羊的主意。房东的母羊生了两只小羊，但是衣胞三天都没有落下来，一直拖在身体后面。房东准备杀来吃了，三毛偶尔听一个农夫说的一个方法，回家拿了一大瓶葡萄酒，硬给羊灌下去，结果，第二天胞衣就全下来了。

荷西被三毛骗吃了一包药粉"喜龙－U"以后，当天的胃痛就好了，只是他并不明白，维生素还有U种的。

再一次，荷西和三毛计划去大沙漠露营，正当他们往车上搬水箱、帐篷、食物时，一个女邻居走过来开口就对荷西说："你太太真了不起，我的牙齿被她补过之后，很久都不痛了。"荷西很奇怪，三毛啥时改行当了牙医，问她怎么帮人补牙的？补了几个人？三毛不肯告诉他实情，荷西便以不去露营要挟她。三毛不得不一边小声说，一边退后几步，离荷西远一点："不脱落、不透水、胶性强、气味芬芳、色彩美丽，请你说这是什么好东西？"荷西完全不肯动脑筋猜。三毛不得不大声叫起来："指——甲——油！""哇，指甲油补人牙齿！"荷西吓得全部头发唰一下完全竖起来，三毛赶紧跑到安全地带，等荷西想起来要追的时候，这个"巫医"早已逃之夭夭了。

再说说媒婆。

三毛的邻居，警官罕地一家与三毛家相交甚好，两家人常在一起煮茶喝。有一天喝茶时，罕地突然对三毛说："我女儿快要结婚了，请你方便时告诉她。"三毛吃了一惊，因为罕地的大女儿姑卡，就是那个腿上长疖子被三毛治好的小女孩，她也才十岁而已。

罕地告诉她，是姑卡要结婚，等过完回教的斋月"拉麻丹"再十日就结婚。

姑卡的父母自己不直接跟姑卡讲，三毛只好领了任务。第二天上完算术课，她单独留姑卡下来喝茶，直截了当告诉她："你要结婚了。"再问姑卡知不知道对方是谁，姑卡摇摇头，面露忧容。

过几天，三毛去镇上买东西，遇见姑卡的哥哥和另外一个青年，警察阿布弟，罕地的部下，姑卡未来的丈夫。三毛见阿布弟长得不黑，十分高大英俊，说话有礼，目光温和，给人第一印象非常好，便回去找姑卡，请她放心，说阿布弟年轻漂亮，不是粗鲁的人，罕地没有替姑卡乱挑。

清晨三时去迎亲的时候，三毛央求姑卡的哥哥跟着去看。看到姑卡出门的时候阿布弟强行把她往外面拽，姑卡一边哭一边拼命地扭打。三毛心里很气愤，但是姑卡的哥哥说，这就是风俗，结婚不挣扎，事后会被人笑，拼命挣扎才是好女子。

等到入洞房的时候，一大群人等候在客厅里。过了很久，忽然听见姑卡"啊"一声惨叫，阿布弟拿着一块染着血迹的白布走出房来，一屋子的朋友都暧昧地欢呼起来。

想到在撒哈拉威人的观念里，结婚初夜就是公然用暴力去夺取一个小女孩的贞操，三毛觉得既残忍又愤怒，没有理任何人，就离开了。

后来，三毛去看姑卡，悄悄给她"那种吃了没小孩的药"，当是她和姑卡之间不能对外人道的小秘密。

还有教师。

三毛所住的地方是阿雍镇的外围，很少有欧洲人住，大部分都是撒哈拉威。三毛平时无事，便在家开了一个免费的女子学校，教当地的妇女数数目字和认钱币，程度好一点的便学算术（如一加一等于二之类）。这些女人书不会念，对贾桂琳·甘迺迪、偶纳西斯这些名人却比三毛还要熟悉，李小龙也认得，西班牙的男女明星更是如数家珍。

三毛一共有七个到十五个女学生,来去的流动性很大,也可以说这个学校是很自由的。

一天上课,一个学生不专心,跑去书架上抽书,正好抽出来一本西班牙文的《一个婴儿的诞生》,书里有图表,有画片,有彩色照片,从妇女如何受孕到婴儿的出生,都有非常明了的解说。看到学生们很感兴趣,三毛便放开算术,专门讲解了两个星期。

"真是天下怪事,没有生产过的老师,教已经生产过的妈妈们孩子是如何来的。"荷西笑个不停。

再说说摄影师。

三毛初来沙漠时,最大的雄心之一,就是用自己的摄影机,拍下极荒僻地区游牧民族的生活形态。这种对于异族文化的热爱,就是因为自己跟异族之间有着极大的差异,以至于在心灵上产生了一种美感和感动。

三毛婚前常常跟着送水车深入大漠,从大西洋边开始,到阿尔及利亚附近,又往下面绕回来,去一次大约两千多里路。面对一路上的绝美风景,她带着相机,惊叹得每一幅画面都想拍。虽然送水车没有车顶、没有挡风玻璃还一路颠簸,但是这片土地带给人的强烈震撼,让人完全忘记了辛劳。

对于这片大漠里的居民,无论是走路的姿态、吃饭的样子、衣服的色彩和样式、手势、语言、男女的婚嫁、宗教的信仰,三毛都有说不出的关爱。她喜欢细细地去观察接近他们,来充实自己在这一方面无止境的好奇心。

送水车到了一处地方,三毛会给小女孩们戴上一些漂亮的玻璃珠串,然后帮当地人看病,皮肤病的涂消炎药膏,头痛的分阿斯匹林,眼睛烂了的给涂眼药膏,太瘦的分高单位维生素,更多的是给他们大量的维生素 C 片。分完药片,跟他们亲近些了,她才举起相机一顿猛拍。

有一次，三毛给一位自称头痛的老太太服下了两片阿司匹林片，又送了她一个钥匙挂在布包着的头巾下当首饰。老太太吞下药片还不到五秒钟，就点点头表示头不疼了，拉住三毛的手就往她的帐篷里走。

在那里，两张美丽的脸庞深深迷惑了三毛的眼睛，她们有着大大的眼睛，茫然的表情，张着无知而性感的嘴唇，她忍不住举起了相机，对着这两个女人拍起来。

突然，这家的男人进来了，看到三毛在拍照，长啸一声冲了过来，愤怒地大骂挤成一堆的女子，差点把老太太踢翻。

"你，你收了她们的灵魂，她们快死了。"男人说着不流利的西班牙文，那几个女人开始面无人色地蹲下身哭泣，以为自己马上就要死了。

虽然三毛知道这些人迷信，但仍然当众打开相机，拉出软片，迎着光给他们看清楚，底片上一片白，没有人影。那些人终于松了口气，满意地笑了。

坐上车，一个搭车的老撒哈拉威告诉三毛，有一种东西，对着人照，人会清清楚楚被摄去魂，比她手上的盒子（照相机）还要厉害。

三毛想了想，掏出背包里面的一面小镜子，轻轻举在那个老人面前，老人看了一眼镜子，大叫得几乎翻下车去。这些连镜子都没有看见过的人，令三毛既惊愕交加，又心生怜悯。再去沙漠的时候，她就随身带了一面中型的镜子，一下车，就把镜子用石块支起来，做示范似的在镜子前梳梳头发、擦擦脸，照照自己，然后没事似的走开，表现得一点不怕镜子的样子。开始有几个小孩大胆地从镜子跟前晃过去，发觉没什么事，就再晃过去，最后镜子前围满了撒哈拉威人，收魂的事情，就这样烟消云散了。

结婚之后，三毛和荷西经常外出旅行。荷西霸占了三毛的相机，轻易不肯给她碰了。他成了沙漠里的"收魂人"，而他收的"魂"，往往都是美丽的邻居女人。

一次,他们来到离阿雍镇一千多里外大西洋沿海的沙漠边。中午时分,他们开车经过一片近乎纯白色的大漠,沙漠的另一边,是深蓝色的海洋。这时候,不知道什么地方飞来了一片淡红色的云彩,慢慢地落在海滩上,海边马上铺展开了一幅落日的霞光。

三毛很奇怪,这是什么怪天气,怎么中午降了黄昏的景色来呢!再细看,天哪!天哪!那是一大片红鹤,成千上万只红鹤挤在一起,正低头在海滩上找食吃。

荷西脱下鞋子,蹑手蹑脚朝海湾跑去,想凑近一点拍红鹤。还没等他跑近,那片红云一下子升空而去,再也不见踪迹。

没有拍到红鹤有点可惜,但是那一刹那的美丽,在三毛的心底,却是一生都不会淡忘掉的。

代书、裁缝望文生义,自不必多说,说说前面提到的最后一个角色——公交司机。

荷西买回来三毛心目中的白马——一辆白色越野车之后,两个人开始抢着开车,常常为了抢车子怄气。最后三毛争取到驱车一百多公里去接荷西下班的"好差事"。

第一次去接荷西,三毛就迟到了,因为载一个走路的老撒哈拉威回家。荷西担心三毛安危,让她不要载人,可是三毛说:"你可别责备我,过去几年,多少辆车,停下来载我们两个长得像强盗一样的年轻人,那些不认识的人,要不是对人类还有那么一点点信心,就是瞎了眼,神经病发了。"在这片狂风终年吹拂着的贫瘠的土地上,不要说是人,能看见一根草、一滴晨曦下的露水,都会触动人的心灵,怎么可能在这样寂寞的天空下见到蹒跚独行的老人而视若无睹呢?

一天黄昏,三毛在家里,分明听见荷西下班回来的刹车声,可是没一会儿,车子又开走了。弄到晚上十点多,荷西才脏兮兮地进门,讪笑着解释出去散步去了。

三毛冲到门外,打开车门,一股特别的气味马上冲了出来,前座的靠垫上滴了一滩鼻涕，后座上有一块尿湿的印子，玻璃窗上满是小手印，车子里面到处都是饼干屑。

站在浴室外面，三毛厉声喝问荷西，问带了几个小孩去兜风。

"十一个，嘻嘻，连小小的哈力法也塞进去了。"这话简直气得三毛直跺脚。

每次，三毛开车去接荷西下班，都会载路人一程。为了不惊吓那些人，她总是先开过他们，然后才停下车来，再摇下车窗向他们招手。顺便带上车的人，下车时，总是千恩万谢。直到三毛的车开走了老远，还能看见那个谦卑的人远远地在广阔的天空下朝她挥手。

有一次，三毛看见一个老人，用布条拉着一只大山羊，挣扎着在路边移动，内心不忍，把他和大山羊一起载上了车。结果，一路上山羊差点把她的头发当干草吃，还在座位上留下了纪念——一堆羊粪，这下给荷西找到了上回带小孩兜风的反击的理由。

再有一次，正是狂风的季候，炎热的正午，漫天的黄尘呛到肺里好似填满了沙土似的痛，能见度低到零，四周震耳欲聋的飞沙走石像雨似的凶暴地打在车身上。就在这时，三毛看见了一个骑脚踏车的身影。

那是一个十多岁的男孩，看到三毛停车，便向她要水喝，可是三毛没有带水。三毛请他上车，可是男孩不愿意丢下自行车，固执地留下来。三毛没办法连人带车载走，只好摘下防风眼镜送给男孩。

回到家，三毛心神不宁，总觉得心里不踏实。思来想去，她决定回去，拯救那个小男孩。她打开冰箱，拿了一瓶水，一个面包，又顺手拿了一顶荷西的鸭舌帽，再次开车回去，寻找那个已经从早上骑到中午的可怜男孩。

三毛送荷西上班回来的路上，还曾经载过一个西班牙游骑小兵。那个小兵全副打扮，好似要去参加誓旗典礼那么整齐：草绿的军帽、宽皮带、马靴、船形帽、只有大典礼时才用的雪白手套。那个男孩告诉三毛，他早晨就出发了，为的是去镇上看一场下午五点开场的电影。三毛内心感慨无比，到这个破落得一无所有的小镇上来看场电影，竟然是这个小兵目前一段生命里无法再盛大的事件了。想到远方同样在服兵役的弟弟，三毛的心无由地抽痛了一下。

荷西虽然常常嘴硬，叨咕三毛开车出去载人多管闲事，其实自己开车下班时，也常常一样把路上的行人捡上车。因为，那样偏僻的沙漠地区，看见路旁艰难跋涉的人像蜗牛似的在烈日下步行，不予理会简直是办不到的事情。

一天，荷西下了班回家，一路嚷嚷着进门："今天好倒霉，这些老头子真是凶猛。"

原来，他在路上捡了三个老撒哈拉威，一路忍受着他们的体臭快要晕倒不说，临了到下车的时候，因为荷西听不懂阿拉伯语车子还继续开，其中一个老头急得脱下脚下硬邦邦的沙漠鞋，拼命敲荷西的头，把他头上敲出来一个大包。

"载了人还给人打，哈！"三毛听了，笑得不得了。

每个月月初的时候，是磷矿公司工人们发钱的时候，也是皮肉生意最好的时候。邻近加那利群岛来的班机，月头上一定会载来许多花枝招展的女人，大张旗鼓做生意。

一天晚上，三毛去接荷西下班，被告知要临时加班，处理一条被卡住的船。三毛不得不一人开车往回赶。

离镇上二十几里地的时候，三毛看到路边有人招手，开近了，原来是一个衣着艳丽的红发女人。看到三毛，突然犹豫了，连声说："不是，不是，我弄错了，谢谢！您走吧！谢谢啊！"

三毛以为遇见了女鬼，要找人做替身，赶紧开了车跑了。这一路逃下去，她才发现，沙地边，一会儿就有一个类似的卷发绿眼红嘴的女人要搭车，三毛也不停了，一路开下去，直到一个紫衣黄鞋的女人拦在路中间，才不得不把车速放慢停了下来。原来那个女人生意做得差不多了，是要收工回镇上去。

一路上，女人主动说她见过三毛在邮局寄信，三毛便和这个女人聊起来，得知她们在郊外做生意收四千块一个人。如果是在镇上的"娣娣酒店"过夜，那就要收八千块。三毛在心里算算，八千块应该是一百二十美元了，真想不到那些辛苦的工人怎么舍得这样把血汗钱丢出去，也没想到这些加纳利女人这么贵。

当女人告诉三毛，她的相好也在磷矿公司电器部做事，并且就是相好让她过来做生意的时候，三毛更加不相信自己的耳朵了。女人得意地说："男人都是傻瓜！我已经赚了三幢房子了！"

三毛突然觉得这个女人很可怜，都已经赚了三幢房子了，还在这荒郊野外接客，还说男人都是傻子，还自以为聪明，真不知道谁傻呢？女人听三毛说，这里打扫卫生的女工一个月也有两万块可赚，不屑一顾地说："扫地、铺床、洗衣服，辛苦得半死，才两万块，谁要干！"

"我觉得你才真辛苦。"三毛慢慢地说。

"哈！哈！"女人开心地笑了起来。

同样是做妓，有的人哀哀怨怨，有的人欢天喜地。妓女也是人，也需要挣钱养家糊口。能把这样一件事情当成一件乐事来做，不以为苦，只能说实在不一般，是做出了境界。而遇到这样兴高采烈的宝贝，总比看见一个流泪的妓女要强。所以，当三毛看见女人下了车，被一个工人顺手摸了一把屁股还大笑时，忍不住心情大好，连沉静的夜，居然也像泼了浓浓的色彩一般俗艳地活泼起来。

"这荒野里唯一的一条柏油路，照样被我日复一日地来回驶着，它乍看上去，好似死寂一片，没有生命，没有哀乐。其实它跟这世界上任何地方的一条街、一条窄弄、一弯溪流一样，载着它的过客和故事，来来往往地度着缓慢流动的年年月月。"

第七章
友谊——生活因你而精彩

> "那一只只与我握过的手,那一朵朵与我交换过的粲然微笑,那一句句平淡的对话,我如何能够像风吹拂过衣裙似的,把这些人淡淡地吹散,漠然地忘记?"
>
> ——三毛《搭车客》

沙漠里的生活,虽然枯燥,但是,因为三毛热情好客又乐于助人,她交了很多撒哈拉威朋友:邮局卖邮票的、法院看门的、荷西公司的司机、商店的店员、装瞎子讨钱的、拉驴子送水的、有势的部族首长、没钱的奴隶、邻居男女老幼、警察、三教九流,全都是她和荷西的"沙黑毕"(朋友)。连三毛自己也没有想到,正是这些朋友,在最后局势动荡的关头,显示出友谊的力量,帮助她逃离动乱,撤出了撒哈拉。此乃后话。

有了那些可爱又可恨的邻居,三毛的沙漠生活显得格外精彩。"我沙漠的日子被她们弄得五光十色,再也不知寂寞的滋味了。"那些撒哈拉威邻居,常常借她的东西不还,随便从天台拿了她的内衣裤去穿,拿她的红药水涂在脸上在天台上跳撒哈拉舞,邻居家的羊还几次踏碎三毛家屋顶的玻璃板和塑料盖板,掉在她家客厅里。有一次,不但一只羊砸在了荷西身上,还吃光了三毛辛辛苦苦栽培出来的九盆盆景的叶子,气得三毛大哭,恨不得一刀宰了它。

哑奴、蜜娜、阿仑、沙巴军曹、奥菲鲁阿、巴西里、沙伊达……这些三毛交往的朋友当中，相交甚深、值得一提的，很有那么几个。其中巴西里还是游击队的首领，一个传奇人物。

撒哈拉威的青年女子皮肤往往都是淡色的，脸孔都长得很好看。其中有一个叫蜜娜的女孩，长得非常的甜美，她非常喜欢荷西，只要荷西在家，就会打扮得很清洁地来家里坐着。后来觉得坐着也没什么意思，就找理由叫荷西去她家。

又有一天，三毛和荷西在家里吃饭，蜜娜又来"荷西荷西"地叫。三毛问什么事，蜜娜说，她家的门坏了，要荷西去修。

荷西放下叉子想站起来，三毛低声喝道："不许去，继续吃饭。"这里的男人可以娶四个太太，她可不想跟别人分享自己的丈夫，别人也别想从她这里分享荷西的薪水袋。

蜜娜不走，站在窗前，荷西又看了她一眼。

"不要再看了，当她是海市蜃楼。"这下，三毛的声音更严厉了。

这个美丽的"海市蜃楼"有一天终于结婚了，三毛高兴极了，送了她一大块布料。

认识哑奴，是在认识哑奴的儿子，大财主家的小黑奴之后。

三毛和荷西被邀请去阿雍镇上一个很有钱的撒哈拉威大财主家吃饭，一个八九岁的黑人小男孩谦卑地帮客人们倒茶、烤肉串、买汽水、搬椅子，被指挥来指挥去，忙得不亦乐乎。三毛很奇怪，一个孩子怎么做这么多事，问了财主家的一位亲戚阿里，才知道这个男孩是个奴隶。

三毛心里十分痛恨财主利用奴隶替他们挣钱却不养他们，心里十分可怜这个小黑奴，临走的时候，她避开众人，从皮包里掏出两百块钱，对男孩表示了感谢。

第二天傍晚，一个穿着破烂的中年男人来敲门。他不会说话，咿咿呀呀地比划。原来他是小黑奴的父亲，特意赶来要把钱还给三毛。三毛也连说带比划地对他说，那是送给小黑奴的，哑奴才谢了又谢地走开。

过了一星期，三毛照例清晨开门送荷西上班的时候，发现门口多了一棵清脆碧绿的生菜，聪明的三毛立刻明白了这是谁送的礼物。可悲可叹的是，他们夫妻二人在这一带每天借送无数的东西给撒哈拉威邻居，但是来回报他们的，却是一个穷得连身体都不属于自己的奴隶。

过了两个月，三毛的邻居要在天台上加盖一间房子，请的就是哑奴来做事，他是全沙漠最好的泥水匠。那一阵是火热的八月，到了正午，气温高达五十五度。这样的温度，是足以要人发狂的。三毛躺在用水擦过的席子上，用包着冰块的毛巾搭在额头上，忍受煎熬。

她猛地想起哑奴，连忙冲上天台，看见哑奴用一张捡来的破草席半靠在墙边，像一个不会挣扎了的老狗一样，趴在自己的膝盖上。

三毛把他连推带拽地弄下天台，让他到屋里凉快凉快，但是哑奴很知趣地站在厨房外面的天棚下不肯进来。三毛只好从冰箱里拿了一瓶冰冻的橘子水，一个新鲜的软面包，一块干乳酪，还有早晨荷西来不及吃的白水煮蛋放在他身边，请他到走廊上的阴凉地里吃。

下午三点半的时候，三毛担心哑奴的主人会骂他，出去叫他上去工作，却发现除了橘子水，其他东西都没有动过。哑奴对她打手势，意思是说，别生气，我有三个孩子，两男一女，这些东西是要带回去给他们吃的。

三毛明白了，马上找了一个口袋，替他把东西装进去，又切了一大块乳酪和半只西瓜，抓了一大把荷西爱吃的太妃糖，再放了两瓶可乐，又把东西塞进冰箱，指指外面的太阳，让哑奴收工了再来拿。

星期天，荷西回家来，上天台去看哑奴，结果和他一起做起了泥工。到中午的时候，荷西把哑奴带回家吃饭。三毛对哑奴用阿拉伯哈萨尼亚语，用夸张的口型对哑奴说：“沙——黑——毕。”哑奴听懂了，露出不设防的笑容。

三毛家请哑奴吃饭的消息，立刻传遍了四邻，大家都对哑奴和三毛一家明显露出了敌意。可是，三毛不管这些，还要教训骂哑奴是"哈鲁佛"（猪）的邻居小姑娘。

有一天，哑奴坚持请三毛和荷西去他的家。三毛赶紧带了些吃的东西，又装了一瓶奶粉和白糖。那是镇外沙谷边缘的一个很破的帐篷，那是什么家啊，几乎什么都没有！帐篷里一半是沙地，一半铺了几个麻布口袋，只有一个装了半桶水的汽油桶，他的妻子穿了一条露出脚的破长裙，都不好意思以正面示人。哑奴用一个旧茶壶煮水招待他们，却没有杯子喝水，只好几个人传着茶壶喝。

要离开的时候，荷西紧紧拉住三毛的手，回头看看那个苦得没有立锥之地的一家人，两个人突然觉得亲密起来。是啊，有家就有爱，家是快乐的源泉。有了家，再苦也是温暖的。

这以后，三毛趁哑奴收工的时候，偷偷塞给他一些廉价的布，给他的孩子和太太做衣服。回教人过节时，又给他买了一麻袋的炭和几斤肉，觉得这样施舍他有些羞愧，三毛干脆白天去哑奴的帐篷那里，放下东西就跑掉。

哑奴不是没有教养的撒哈拉威人，他没有东西可以回报，他悄悄地帮他们修补被山羊踩坏了的天棚；夜间偷了水，替他们洗车；刮大风了，帮三毛收衣服，装进一个干净的袋子里，拉起天棚的板丢下来。

又是一个黄昏，邻居姑卡来敲三毛的门，激动地告诉她，哑奴被卖掉了，要走了。

三毛耳朵里一轰，赶紧问为什么。姑卡说，沙漠里下了一场雨，毛里塔尼亚长出了很多草，哑奴会管羊，会接生小骆驼，有人来买他，叫他去，现在他的新主人就已经在建房子的邻居家算钱了。

三毛赶紧跑到邻居家门口，果然看见哑奴被捆着手脚，坐在一辆吉普车的座位上，呆呆地望着前方，像一尊雕塑一样。三毛冲回家，拿了家里仅有的现钱和一床毯子，把这些堆到哑奴怀里："沙黑毕，给你钱，给你毯子。"哑奴抱着这些东西，口里哭也似的叫起来，跳下车,不顾脚上松松的绳索,以不可思议的速度往家飞奔,屋里的人立刻追了出来。哑奴飞奔到家,把彩色的毯子迎风打开,围在太太和孩子身上,让她们摸摸这毯子有多软有多好,又把三毛给的钱塞给了太太。

终于,哑奴被捉上车,被带走了,消失在夕阳里。一想到哑奴、哑奴太太和三个孩子未知的命运,想到自己眼见他被捉而自己无能为力,不能解放他的自由,拯救他一次次被贩卖的命运,三毛的眼泪就像小河一样流满面颊,她慢慢走回去,关上门,躺在床上,一直到天明鸡叫。

奥菲鲁阿是三毛一家的爱友,一个做警察的年轻人,和气开朗,对人敦厚,孩儿气的脸,一口白牙齿。一天晚上,荷西的同事们到他们家里玩,奥菲鲁阿带着一个穿着淡蓝色沙漠衣服的女人沙伊达过来。当女人把面纱撩开时,所有在场的人都惊呆了。

那是怎样一种摄魂夺魄的美!"灯光下,沙伊达的脸孔不知怎的散发着那么惊人的吸引力,她近乎象牙色的双颊上,衬着两个漆黑得深不见底的大眼睛,挺直的鼻子下面,是淡水色的一抹嘴唇,削瘦的线条,像一件无懈可击的塑像那么的优美,目光无意识地转了一个角度,沉静的微笑,像一轮初升的明月,突然笼罩了一室的光华,众人不知不觉地失了神态,连我,也在那一瞬间,被她的光芒震得呆住了。"

沙伊达和奥菲鲁阿坐了没一会就走了,一屋子的人经过了那惊鸿一瞥,全都像经过了地震似的,开始魂不守舍。在谈话中,三毛知道沙伊达是个孤儿,父母都死了,跟着医院的嬷嬷们学着做了助产士。

炎热的下午,如果有车在家,三毛总会包一些零食,开车到医院去找沙伊达,两个人躲在最阴凉的地下室里,闻着消毒药水的味道,盘膝坐着,一起缝衣服,吃东西,上下古今,天文地理,胡说八道,竟然亲如姊妹似的无拘无束。

撒哈拉动荡局势越来越严峻,镇上的游击队到处搜索西班牙人,随时随地都有爆炸发生。奥菲鲁阿请荷西和三毛帮忙,开车载他去大漠看望父母,做最后一次家庭聚会,并且再三保证他们的人身安全。

星期天,荷西和三毛载着奥菲鲁阿来到他大漠中的家,一顶褐色的大帐篷。他们给前来迎接的奥菲鲁阿弟弟妹妹一些布料和美丽的玻璃五彩珠子,一小箱可可粉做的饼干。荷西又带了两大罐鼻烟草,要送给奥菲鲁阿的父亲,他们这一族的族长。

当三毛用最尊敬的撒哈拉威问候礼节,趴着爬过去,远远地伸出右手,在族长头上轻轻触了一下。族长在口袋里摸了半天,掏出一副重沉沉的银脚镯,递给三毛。三毛马上接过去,脱下凉鞋,套在脚踝上。奥菲鲁阿告诉三毛,这是族长给每个女儿准备的礼物,姐妹们都还小,就先给她了。

奥菲鲁阿的妹妹们捉了两只羊要杀,三毛很奇怪干嘛要杀两只羊呢,奥菲鲁阿的母亲哈丝明告诉她,她的几个儿子,奥菲鲁阿的哥哥们也要回来。

一会儿,沙漠上扬起一阵尘烟,一辆一辆土黄色吉普车排成一排,浩浩荡荡开过来,远远地将帐篷围成一圈。惟独一辆车慢慢开过来,车上坐了几个蒙脸的男子。三毛打了一个寒噤,被这阵势给吓到了,脚像被钉住了似的一步也动不了了。

几个蒙脸男子轮流拥抱了娇小的母亲,也拥抱了弟弟妹妹们,接着匍匐着进了帐篷,问候父亲。接着又依次与荷西和三毛握手。他们叫她:"三毛!"

当这些男人脱下外袍时,三毛赫然看到五件土黄色的游击队制服。它们像火一样,烫伤了她的眼睛。她和荷西像两尊雕像,瞬间石化。一种受骗的感觉,涌上三毛全身。荷西也沉默不语。

奥菲鲁阿和哈丝明赶紧解释,这是纯粹的家庭聚会,族长也大声喝道:"不谈政治。"其中一个哥哥握住荷西的手,再三诚恳地解释是他们几个兄弟因为常听奥菲鲁阿提起和三毛一家的友情,加之三毛又对沙伊达十分照顾,所以,请他们一定要在这个帐篷下做一次朋友。听了这样的解释,荷西和三毛才终于释然。

那个下午,荷西和奥菲鲁阿的哥哥们一边闲谈,一边忙活家务事,气氛很融洽,就像一家人一样。在这些人里面,奥菲鲁阿的二哥特别引起三毛注意。虽然他和别人一样在拼命帮忙做家务活,"可是他的步伐、举止、气度和大方,竟似一个王子似的出众抢眼,谈话有礼温和,反应极快,破旧的制服,罩不住他自然发散着的光芒,眼神专注尖锐,几乎令人不敢正视,成熟的脸孔竟是沙哈拉威人里从来没见过的英俊脱俗"。

喝茶、吃肉、聊家常,享受了一天的天伦之乐,太阳就要落山了。哈丝明包了一条羊腿送给三毛,三毛将羊腿送进车里的时候,奥菲鲁阿的二哥走过来,重重握住三毛的手,悄悄地说:"三毛,谢谢你照顾沙伊达。"

"沙伊达?"三毛意外得不得了,他怎么会认识沙伊达?

"她,是我的妻,再重托你了。"这个男人说完,怅然一笑,反身大步走开了。

回去的车上,三毛忍不住对奥菲鲁阿说:"沙伊达竟是你二哥的太太。"是哦,只有这样英俊潇洒的男人,才配得上那个绝色美女沙伊达。

"是巴西里唯一的妻子,七年了,唉!"奥菲鲁阿伤感地点点头。他这一说不要紧,荷西猛一踩刹车,三毛则尖叫起来:"巴西里!你二哥是巴西里?"这几年来,神出鬼没,声东击西,凶猛无比的游击队领袖,撒哈拉威人的灵魂,竟然是刚刚那个握着自己的手,重托她照顾沙伊达的人!

奥菲鲁阿解释说,因为沙伊达是天主教,所以不能让父亲知道。巴西里怕摩洛哥人知道沙伊达是自己的妻子,劫持她作人质,所以从来不肯对外界说。原来如此,原来如此!怪不得事情会是这个样子。不知道为什么,三毛总觉得巴西里快要死了,这种直觉,在她的半生中常常出现,从来没有错过,所以,一时间,竟被这不祥的预感弄得呆住了。

10月22日晚,三毛一个人在家,沙伊达竟带着巴西里来了。三毛拿出一把钥匙,对巴西里说,这是朋友交给她的一幢空房子,要是没有地方收容,就去那里躲一躲,西班牙人的房子,应该不会引起别人怀疑。但是巴西里不愿意拿,他怕连累她。

下午,三毛开车送沙伊达去医院,因为沙伊达和巴西里的孩子要跟着嬷嬷先去西班牙,沙伊达要再去看孩子最后一眼。

五点多钟的时候,三毛去给车加油,发现镇里在交通管制,说是在埋人,埋的人就是巴西里。三毛惊骇得整个人都在抖,车子也开不了了。她多么希望这不是真的!

她挣扎着去了医院,可是,沙伊达也不见了,奥菲鲁阿也不见了。她央求一个常去他商店买土特产的老头告诉她沙伊达的去向,老头告诉她,当晚八点半,要在杀骆驼的屠宰房会审沙伊达,还说是沙伊达出卖了巴西里,是她告诉摩洛哥人巴西里回来了,所以,摩洛哥人在巷子里把巴西里杀了。只有三毛知道,这是阿丘比那个混蛋故意陷害沙伊达,因为无论他再怎么纠缠也得不到沙伊达,所以就栽赃她告密,一定要毁灭她。

晚上,会审的时刻到了。嬷嬷走了,奥菲鲁阿不见了,西班牙的军队不会管这闲事,孤立无援的三毛只能随着看热闹的撒哈拉威人去到屠宰房——那个平时她最不愿意去的一个地带,那儿经年回响着待宰骆驼的哀鸣,死骆驼的腐肉白骨,丢满了一个浅浅的沙谷。风在这一带都是凛冽的,即使白天来,也使人觉得阴森不已。

沙伊达被一辆吉普车带过来,阿丘比揪着她的头发从车上倒着拖下来。哪里有什么会审,哪里有人主持正义,沙伊达刚被拉下车,就被几个人撕下了前襟,在那么多人面前暴露出她可怜的胸部。

阿丘比用哈萨尼亚语高喊:"要强暴她再死!谁要强暴她?她是天主教,干了不犯罪!"

三毛拼命地往前挤,可是挤不到前面去,只能跳起来望。阿丘比几个人在撕沙伊达的裙子,把她撕得一丝不挂,几个人拉开她的手脚,沙伊达像野兽一样惨叫起来。

就在这时,奥菲鲁阿像疯子一样冲出人群,拉开压在沙伊达身上的人,拽着沙伊达往屠宰房后面的高地后退,手里拿着枪。七八个人亮出了刀子,一场混战,几声枪响之后,地上留下了两具尸体。一具奥菲鲁阿,一具沙伊达。沙伊达趴着,奥菲鲁阿的眼睛睁着,像是要爬过去,用自己的身体覆盖住赤裸的沙伊达。

四周的一切都安静下来,悲剧结束了。三毛蹲在远远的沙地上,不停地发抖。天渐渐暗下来,渐渐什么也看不见了。只听见屠宰房里骆驼嘶叫的悲鸣越来越响,越来越高,似乎整个的天空都充满了骆驼们哭泣着的巨大回声,雷鸣似地朝人罩下来。

好几次,三毛从昏昏沉沉的梦里醒来,以为昨晚发生的事情只不过是一场噩梦,但每一次清醒,记忆就逼着她,一次一次重新经历那场令人狂叫的惨剧。闭上眼,巴西里、奥菲鲁阿、沙伊达的脸孔,一波一波在她眼前飘过。她跳起来,开了灯,才发现镜子里的自己,才一天工夫,就已经舌燥唇干,双眼发肿,憔悴不堪了。

"是的,总是死了,真是死了,无论是短短的几日,长长的一生,哭、笑、爱、憎,梦里梦外,颠颠倒倒,竟都有它消失的一日。"三毛还在发呆,有人剥剥地敲门,喊她的名字,是荷西公司的总务主任,告诉她明天早晨九点接她去机场,问她飞机预留的另一个位置给谁。三毛艰涩地回答:"死了,不走了。"

是啊,巴西里死了,沙伊达一个人活着又有什么意义呢?他们的孩子被安全地送到了西班牙,他们应该是可以放心地走了。只是,三毛怎么也忘不掉,赤裸着身体的沙伊达不停地狂叫:"杀我,杀我,鲁阿……杀啊……"

三毛眼睁睁见一个绝美的女人,被几个无耻、贪婪的恶棍亵渎践踏,而一群无知而愚昧的人则充当了刽子手杀人的帮凶,一朵花一样娇嫩的生命从眼前消逝,而自己无能为力,怎不肝肠寸断!

第八章
战乱——我先走，你就来

西撒哈拉的骚动渐渐扩大，西班牙政府开始衰退，邻近的摩洛哥王国和毛里塔尼亚垂涎三尺，撒哈拉本土反抗力量组成游击队流亡阿尔及利亚，要求民族自决，战火一触即发。只要西班牙一撤军，摩洛哥和毛里塔尼亚正好长驱直入，瓜分撒哈拉的土地。西撒哈拉的西班牙人纷纷逃回故土避难，抢票抢飞机抢船，阿雍镇乱成一锅粥。

三毛因朋友的帮忙，也能及时乘飞机离开战乱中的阿雍。但是，荷西却要应磷矿公司的总动员，留下来撤军团，配合军队把最贵重的东西装船。而且，沙漠家里的遗留事情还要做一些处理。所以，当三毛已经在大加纳利岛落脚的时候，荷西仍然留在撒哈拉沙漠，隔着大西洋，和三毛遥遥相望。三毛起先不肯一个人走，一定要陪着荷西一道，但是考虑到荷西带着她一个女人家，逃难反而多了累赘，所以不得不忍泪先行。

爱人啊，我先走，你就来啊！不要让我等太久，没有你，一个人的日子，我该怎么过？我又怎么忍心把你一个人丢在危险境地而不管不顾！那么多艰辛艰险的时刻我和你都曾携手共度，我不要丢下你，一个人逃离。请快一点，回到我身边，我需要你，请一定，毫发无损地，快快回来，千万不要叫我日日夜夜为你担心。

撒哈拉啊，我就要离开你了。这个曾经承载了太多爱与痛的地方，在我眼里，你是那么迷人，那么富有神奇的魅力，我怎么不为你着迷，为你疯狂？

"如梦如幻又如鬼魅似的海市蜃楼，连绵平滑温柔得如同女人胴体的沙丘，迎面如雨似的狂风沙，焦烈的大地，向天空伸长着手臂呼唤嘶叫的仙人掌，千万年前枯干了的河床，黑色的山峦，深蓝到冻住了的天空，满布乱石的荒野……这一切的景象使我意乱神迷，目不暇给。"

"早晨的沙漠，像被水洗过了似的干净，天空是碧蓝的，没有一丝云彩，温柔的沙丘不断地铺展到视线所能及的极限。在这种时候的沙地，总使我联想起一个巨大的沉睡的女人的胴体，好似还带着轻微的呼吸在起伏着，那么安详沉静而深厚的美丽真是令人近乎疼痛地感动着。"

"四周尽是灰茫茫的天空，初升的太阳在厚厚的云层里只露出淡橘色的幽暗的光线，早晨的沙漠仍有很重的凉意，几只孤鸟在我们车顶上呱呱地叫着绕着，更觉天地苍茫凄凉。"

"夏日的撒哈拉就似它漫天飞扬、永不止息的尘埃，好似再也没有过去的一天，岁月在令人欲死的炎热下粘了起来，缓慢而无奈的日子，除了使人懒散和疲倦之外，竟对什么都迷迷糊糊的不起劲，心里空空洞洞地熬着汗渍渍的日子。"

"那是一个晴朗的夜，月光照着像大海似的一座一座沙丘，它总使我联想起'超现实画派'那一幅幅如梦魅似神秘的画面。这种景象，在沙漠的夜晚里，真真是存在的啊！"

撒哈拉的故事说完了。如果不是因为战乱，我想，这个故事应该还会继续。三毛本来计划在撒哈拉待上半年一年，看够了就回来，可是，她和她亲爱的荷西，在沙漠一待就是三年。那个温馨的小窝，承载了太多的爱和牵挂,怎么能说走就走,说离开,就离开?

撒哈拉,那个广袤的沙漠,那个充满不安全因素的凶险之地,那个缺水缺电缺蔬菜缺娱乐什么都缺的地方,别人都是谈之色变,唯恐避之不及,更不要说在沙漠里筑巢生活。只有三毛,因着那份莫名的乡愁,因着一份渴望,因着爱人的守候,放下德文教授不做,放下即将到手的美国伊利诺伊州的公务员不做,头也不回地去了。

她醉心于沙漠的星空,醉心于沙漠的空旷、悠远、狂放、温柔,醉心于肆虐的风沙,那一切,在她眼里,全都美到极致。在撒哈拉,三毛的心灵就像得到了皈依,她虔诚地享受着这份宁静,心灵无比安定。

第四卷 Chapter · 04
梦里花落知多少

"结婚以前在塞哥维亚的雪地里,已经换过了心,你带去的那颗是我的,我身上的,是你的。埋下去的,是你,也是我。走了的,是我们。"

——三毛《梦里花落知多少》

第一章
思念——望穿大西洋

1975年10月22日，三毛首先撤离撒哈拉，来到了在大西洋中的西属加纳利群岛中最繁华的大加纳利岛，在好友Paloma家暂时住下来。

等待荷西的十天简直就像十年那样漫长难捱。那十天完完全全没有荷西的消息，三毛打了二十多个电话，都接不通，打电报，也没有回音，也没有信来。她天天去机场等，也等不到人。她像个疯子一样，向每一个下飞机的人打听荷西的下落，但是都没人知道。深刻的孤独和迫切的焦虑纠结成团，三毛急得不食不睡，每天要抽三包烟，简直都快要疯了。西属大加纳利岛和西属撒哈拉，中间就大西洋那窄窄的一条洋道，只这条窄窄的洋道，把丈夫和妻子残忍地隔开，天各一方，任由思念像野生的藤蔓植物一样疯长。

就在三毛快要绝望的时候，亲爱的荷西竟然回来了！不但人回来，他们的爱车——那辆白色的福特也跟着回来了。连三毛的小鸟"芸芸"、花、筷子、书、一大箱信、刀、叉、碗、抹布、洗发水、药、皮包、瓶子、电视、照片、骆驼头骨、化石、肉松、紫菜、冬菇、床单，全部家当都跟着回来了。而且，沙漠房子里面的家具居然也被他卖掉了，卖了一万二千块。

原来，与荷西分别的那几日，阿雍的形势已经坏到极点。西班牙不战而败，签了密约，北边的摩洛哥和南边的毛里塔尼亚瓜分西撒哈拉。可怜的撒哈拉威人苦苦血战的独立成为泡影，阿雍的所有撒哈拉威人完全失业，军人解散，成了没有国籍的一批可怜虫。阿雍已经连续十五天无水、无食物、无汽油、无药，甚至出现了人吃人的现象。信件完全封锁，交通只有军方才有，平民的已经断掉。荷西写给三毛的几封信一封也没有送出去。

这个"世界上最了不起的青年"，在确定自己挤不上飞机的情形下，独自逃到海边，等了两天两夜，终于，第三天军舰开来了。开始船上的人不肯带荷西上船，但是恰好有一条船被卡住了，必须要专业的潜水员下去处理才行。荷西自告奋勇潜水下去替他们解困，但是条件是，不但要带他走，整整一车的行李也要带上。就这样，荷西奇迹般成功逃离了战火中的撒哈拉，回到了三毛身边。

劫后余生的聚首是如此弥足珍贵又令人惊喜，三毛喜极而泣，两个人紧紧拥抱在一起，任由泪水滑过脸颊，浸湿衣衫。当天，三毛就赶紧给父母亲写信，报告荷西回来的喜讯。在信中，三毛对荷西称赞有加："爹爹，姆妈，你们一定会喜欢荷西，经过这次的考验，我对他敬重有加。别人的先生逃出来只一个手提包，脸色苍白，口袋无钱，乱发脾气，荷西比他们强很多很多。我们陈家人，有骨气，但是性格全都内向，过分老实，但是荷西就是'滑落'，也不自苦，也不多愁善感，我很欣赏他，粗中带细，平日懒洋洋，有事不含糊。"

是哦，经过这次逃难事件，三毛看到了荷西能干的另一面，对自己的丈夫又有了全新的认识。她从心眼里欣赏他，敬重他，而不是再拿他当那个小她六岁的大男孩看待。有这样的丈夫撑起自己的一片天空，还有什么不安全、不放心的呢？

第二章
团聚——重来一次蜜月旅行

荷西 11 月 1 日逃离撒哈拉和三毛团聚以后，两个人当天就在大加纳利岛一个离城将近二十多里路的沿海社区里租了房，避开城中心的繁华喧嚣。那个社区住着大约一百多户人家，大半是白色的平房，背后枕着山坡，屋前延伸着一个平静的小海湾。坐在宽大的落地窗口，就可以看见大海上来来往往的船只。院子里还有一棵高大的棕榈树，迎着海风摇曳。

房子是三毛向一对瑞典夫妇租下的，一个月一万块西币，家具应有尽有：一个大厅、一个客厅、一个卧室、一个浴室、一个小花园。这里食物价格是沙漠的一半，厨房里三毛施展厨艺的家伙和配料也应有尽有，令人眼花缭乱。

不得已离开了沙漠里那个辛辛苦苦建造的爱巢。如今，在大加纳利岛，荷西和三毛从头开始，一点一点建造一个属于他们俩的新家。三毛在给父母的信中，再次提到了她心爱的丈夫："荷西已入睡，十日来，他白天上班，夜间搬家，尚去弄好了此地 Las Palmas 的药医保险，是一个了不起的大勇的好男子汉，我太爱他了，我当初嫁他，没有想到如此，我们的情感，是荷西在努力增加，我有这样一个好丈夫，一生无憾，死也瞑目。"

多想做一对神仙眷侣，在这座美丽的岛上双栖双飞，享受两个人的温情时光。永远这样，像所有的恩爱夫妻一样，一直恩爱下去，白头到老，永不分离。

君须怜我我怜卿　最真不过三毛

荷西原先积攒了一个月的假期没有休，正好可以在家陪三毛，等待磷矿公司承诺的再行分配国内工作。两个人商量，在加纳利群岛作一次环岛游。为了更好地领略海岛风光，他们决定仍然采取自驾游的形式，带着帐篷，开着小车，把七个海岛全部游玩一遍——三毛管这趟旅行叫"逍遥七岛游"。

出发前，三毛无论遇到了什么人，总会有意无意地问一声："有没有这个群岛的书籍可以借我看看？"几天下来，邮局的老先生、医生的太太、邻居孩子学校里的老师、泥水匠在机场做事的儿子，都借了一些书过来，加上三毛自己原来有的四本，竟然成了一个小书摊。

这是三毛过去养成的习惯，每去一个新的地方之前，一定将它的有关书籍细心地念过，先充分了解它的情况，再自己去身临其境，看看个人感受是不是跟书上写的相同。

大西洋中的加纳利群岛一共有七座岛屿，面积 7273 平方公里。其中拉歌美拉、拉芭玛、伊埃萝和丹纳丽芙四岛属于圣十字的丹纳丽芙省，富得文都拉、兰沙略得和大加纳利三岛属于拉斯巴尔马省。

三毛和荷西的旅行的第一站是丹纳丽芙岛。

就有这么巧，他们正好遇到丹纳丽芙一年一度的盛大嘉年华会。满城的居民几乎倾巢而出，各式各样奇装异服的人潮满大街载歌载舞，花花绿绿的花车、美丽的嘉年华小姐，把骑在荷西脖子上看热闹的三毛看得是眼花缭乱。荷西还给她挑了一顶玫瑰红的俗艳假发给她戴上，简直就像一个"红头疯子"。

看到满大街的人恨不能将他们的热情化作火焰来燃烧自己的那份狂热，三毛深深地受到了感动。在欢乐里，她看到了人性另一面动人而瑰丽的色彩。不是无休无止的工作才叫"有意义"，适时的休闲和享受，也是人生另外极其重要的一面。

第二站是距离丹娜丽芙岛一个半小时行程的口哨之岛——拉歌

美拉。

三毛还在沙漠里的时候，就听人说过，拉歌美拉岛上的人不但会说话，还有他们自己特别的口哨传音法。在这个寂寥落寞的岛屿上，三毛找到了一个空荡的小教堂，发现石砌的地下有一个十八世纪葬在此地的一个船长太太的墓，在破旧的风琴上弹了一支曲子，跟闻声而来的神父要了瓶水喝，还在附近的街道上，有幸欣赏到了一个卖Castanuela（西班牙人跳舞时夹在掌心中，用来拍击出声的响板）的黑衣老妇人当面吟诗跳舞。

真正神奇的是两位五十几岁的男人表演口哨绝技，一个吹"坐下"，另一个远远地就坐下了；一个吹"站起来"，另一个就站起来；再吹"跳舞"，那个远处的人真的就做了一个舞蹈动作。等吹完了，一大群听懂了口哨的大孩子也叫了起来："也请我们，拜托，也请我们！"

这次拉歌美拉岛之行，三毛近距离领略到了口哨传音绝技的神奇。但可惜的是，这门口哨语言慢慢在失传了，年轻人都不太会，也不肯学。三毛心想，这个岛真是可惜，不晓得利用自己的宝藏来使它脱离贫困，光是口哨传音这一项，就足够吸引无数的游客了。这样，也不至于岛上的年轻人几乎全跑光了，拉歌美拉岛，真的成了七座岛屿里面，被人遗忘的那一个。

第三站是加纳利群岛里最绿最美，也最肥沃的拉芭玛岛，最远离非洲大陆的一个，出口松木、葡萄、美酒、杏仁、芭蕉和菜蔬。三毛和荷西买了环岛南部的长途公交票，被好客的司机唐·米盖安排到最前面的好位子上去坐。

一路上，唐·米盖不但照顾好每一位乘客上下车，还充当起了民间传信人，给过路的村民捎带信、奖券、报纸、食物，让三毛感到人情的祥和，有如花香，散发在空气中。唐·米盖甚至还多开了一段路，带三毛和荷西去看国家公园。车子在松林里穿梭，司机慢慢地向他们讲述眼前的美景，遇到景色秀丽的地方，还把他们拖下车，为他们指点。而全车的人竟然也都跟着陶醉，没有一个人抱怨。

车到了终点站，天空飘起细雨，三毛和荷西沿着一条羊肠小路走下去，忽然在一个转弯处发现了山谷里的一片小小平原，漫山遍野的白色杏花，像迷雾似的笼罩着寂静的平原，一幢幢红瓦白墙的人家，零零落落地散布在绿油油如同丝绒的草地上。细雨里，有牛羊在低头吃草，有一个老婆婆在喂鸡，偶尔传来狗叫声，更加衬出了这个村落的宁静。时间，好像在这里停止了，好似千万年来，这片平原就是这个样子，而千万年后，它也不会改变。

三毛想起不久以前，她和荷西在大加纳利岛的一个画廊里看到的一幅油画，跟眼前的景色几乎是一模一样啊。只可惜，这片梦想中的大图画，再温馨，再甜蜜，过一会儿终究是要离去的。带着这样的怅然，三毛不得不令人多看几眼这片杏花春雨，恐怕，在中国江南，大概也是这样的吧！

在美丽的拉芭玛一连住了十二天，三毛和荷西回到丹纳丽芙岛，带上帐篷，开车去荻伊笛大雪山露营。可是，在荻伊笛，三毛不慎受了风寒，高烧不退，两人决定放弃伊埃萝岛，乘船回大加纳利岛的家中休养几日。过了一星期，三毛的烧退了，算算手上的钱，两个人又决定放弃和撒哈拉相似的富得文都拉岛，去最顶端的兰沙略得岛。

兰沙略得岛上，三百个深色的火山口遍布全岛，山不高，一个连着一个，宁静庄严如同月球，如同超现实画派的梦境，十分文学，十分诗意，渺茫孤寂，不似在人间。

三毛和荷西租了一辆摩托车，去每一个火山口看了看，觉得火山口简直就像地狱的入口一样，看了使人惊叹而迷惑。三毛实在是爱上了这个神秘的荒岛。可是，旅店的老板告诉他们，来了兰沙略得岛，不去它附属的北部小岛拉加西奥沙未免太可惜了，那里的海底世界简直美极了，每个渔民见了他们也都这么说。于是，他们依法给拉加西奥沙岛的村长乔治打了电报，乘一艘小舴艋船渡海过去。

荷西在水底遨游的时候，三毛就在岸上枯坐等待。她的荷西热爱海洋，热爱水底的无人世界，总觉得世上寂寞，在水里怡然，那么，就遂了他的心愿吧,即使枯坐等待也是心甘情愿的。

荷西浮上岸的时候,热切地告诉三毛:"三毛,水底有一个地道,一直通到深海,进了地道里,只见阳光穿过漂浮的海藻,化成千红万紫亮如宝石的色彩,那个美如仙境的地方,可惜你不能去同享,我再去一次好吗?"

去吧去吧,你喜欢就去吧!你的快乐,就是我的快乐。虽然我不能跟你一同潜水,进入你说的那个美轮美奂的世界,但是,我的心始终和你在一起。我会在岸上,安静地等你,等你平安回来。

在拉加西奥沙这个只有二十七平方公里芝麻大的小岛上,三毛和荷西流连忘返,如身处天堂。可惜,再怎么留恋,假期都要结束了。等他们乘船回到车水马龙、嘈杂不堪的大加纳利岛时,竟有一种如梦初醒时的茫然和无奈,心里空空洞洞的,漫长的旅行竟已去得无影无踪了。

这次旅行,就像是三毛和荷西的第二次蜜月旅行,一路相依相偎,一路看花开花谢,潮涨潮落。美好的日子是那样难忘啊,简直不想睁开眼醒来。时间老人,我能否再次请求你,为我们暂停下匆忙的步履,好让我们在这梦境里,再静静地待一会儿!

第三章
失业——让我来挣钱养你

"逍遥七岛游"回来,荷西和三毛马上面临两手空空的困境。马德里的房子贷款要支付,大加纳利岛的房租要支付,汽油、面包、蔬菜……一切的家用,都需要钱。为了挣钱养家,给三毛一份稳定安逸的生活,荷西不顾局势危险,重返撒哈拉工作。

那是怎样一段令人揪心的日子!战乱之中,谁对自己的生命有信心呢?每次荷西离开家赶赴撒哈拉,三毛的心都像被掏空了一样。到周末荷西回家来,两个人相见,心头都有一种说不出的疼痛。

回家,对三毛而言就像一个重大的节日,在确定的两天之前,她就兴奋着。而荷西一回来,立刻跑到三毛面前,抱着她的腿。他不愿三毛看见他的眼泪,把头埋进她的牛仔裤里不肯起来。

等到第二天,荷西走了,三毛便失魂落魄,思念成疾。等到荷西回来,整个人才又还魂似的活过来。这种情绪上的不稳定,三毛无法跟父母或朋友倾诉,再给父母的信中,一再表示,一切都好,请他们不要牵挂。钱,够用;邻居,很好;生活,一切正常。

没有荷西的日子里,三毛尽量调节自己,每天早上总是开了车去小镇上开信箱、领钱、寄信、买菜、看医生,做这些零碎的事情打发无聊的光阴。当然也写作,当然也是在夜里,在静静的海边,静静的白房子里,一个人静静地读书,静静地写字。

三毛牢记在撒哈拉的教训,当时跟那些邻居交往甚密,家里老是客人不断。现在,她还被闹得鸡飞狗跳,于是打定主意跟新邻居"老死不相往来"。话是这么说,可是,由于她骨子里的热情和乐于助人,"不小心"认得了一个,"不下心"又认得了一个。不出一个月,几乎整条街的邻居都认得了三毛。早晚经过邻居家,三毛一路叫着他们的名字,扬扬手,打个招呼,再问问他们要不要她开车去市场买些什么东西带回来。偶尔荷西在海里捉到了鱼,他们会拿绳子串起来,挨家挨户去送。

三毛的车开出来,也很少有空的时候。遇见年龄大的人也停,提了东西走路的人也停,小孩子上学顺便送他们到学校,天下雨停,出太阳也停。

有一个瑞典清道夫,每天清早推着小垃圾车出来,义务给社区街道打扫卫生,打扫到三毛这条街已经是中午。这个"老疯子"用一把小扫子,把地上的灰先收起来,再用一块抹布把地用力来回擦,街道干净得简直可以用舌头舔。当风吹落树上的白花,"老疯子"就低头去捡,风再吹,花落了,就再捡,这样一直捡了二十分钟,把三毛看得都快疯了,干脆跑去用力摇那棵树,摇了一地的花,一声不响帮他捡。一周之后,"老疯子"身边多了一个"小疯子","小疯子"摇树,"老疯子"一板一眼地清扫,整个社区清洁得让大家都不忍穿鞋在地上踩。

又有一天,三毛在小镇上买菜,开车回来路上看到住一条街的德国夫妇也提了菜出来,便热心地搭载他们回去,让他们不必去挤公共汽车。送他们下车后,三毛不知道哪根神经搭错了,开口就说:"我住在下面一条街,十八号,就在你们阳台下面,万一有什么事,我有车,可以来叫我。"过了一个星期,这对老夫妇黄昏时候果然来了,约三毛去海边散步看落日。可怜的三毛走了三个小时,最后是跛着脚回来的,脖子上围着老太太的手帕,身上穿着老家伙的毛衣,累得一屁股坐在家门口的石阶上,动都不能动。

121

君须怜我我怜卿　最真不过三毛

三毛在后院种了一点红萝卜，可是，那些萝卜老也不长，拔出来看，只是细细的线。右边邻居，一个正站在扶梯上油漆房子的老头儿隔着矮墙看到了，爬过梯子，跳下墙来，替三毛医治那些花草。两个月后，老头儿替三毛种的洋海棠长得欣欣向荣。老头儿告诉三毛，他的太太已经去世，并且告诫她："孩子，人都是要走这条路的，我当然怀念她，可是上帝不叫我走，我就要尽力欢喜地活下去，不能过分自弃，影响到孩子们的心情。"当三毛问到他的孩子们怎么不管呢，老头儿回答："他们各有各的事情，我一个人住着，反而不觉得自己是废物，为什么要他们来照顾。"三毛觉得，这样豁达的人生观，实在是大智慧、大勇气的表现。这些欧洲的老人，跟中国和美国老人的悲观相比，很不相同。

三毛的隔壁还住着一位瑞典老人加里，腿脚都烂了，只能靠一大柜子的罐头食品维持生计。三毛和荷西给他送吃的，帮他清扫，抬他出来吹风。四处求援的过程中，瑞典女邻居、社区负责人、领事馆，都推托不管。三毛和荷西只好把他送进医院，医生锯掉了加里已经坏死的腿。可是医院的医生和护士对这个身上很臭的老人很漠然又很粗鲁，等三毛和荷西再去看的时候，老加里已经孤独地死去，身边没有一个亲人。

后来，三毛又认识了艾力克，一个退休以后，经常帮邻居做零工却不收一毛钱的七十四岁老人。三毛要修车房的门，找不到芬兰木匠，别人让她去找艾力克。艾力克帮她修车房门的时候说，晚上有一个音乐会，希望三毛去听。晚上，在艾力克宽大的天台上，一群老人抱着笛子、小提琴、手风琴、口琴来了，有拍掌的节奏，有悠扬的口哨声，还有老太太宽宏的歌声尽情放怀地唱着。一个老人走到三毛跟前顽皮地一鞠躬，邀请她跳舞。三毛从来没有跟这么优雅的上一代跳过舞，想不到他们这样吸引自己。他们对生命的热爱，对短促人生的把握，着实令人感动。那一晚，三毛再次想到了死的问题。她想："生命是这样的美丽，上帝为什么要把我们一个一个收回去？我但愿永远活下去,永远不要离开这个世界。"

等三毛下一次去找艾力克借锯子的时候,开门的是安妮,一个已经七十岁的寡妇。她高兴地告诉三毛,她和艾力克上个月开始同居了。在他们家,分别放着艾力克和安妮两人全家的相片,艾力克前妻的照片还在老地方。"我们都有过去,我们都怀念过去的那一半。只是,人要活下去,要再寻幸福,这并不是否定了过去的爱情……"安妮这样说完,又开心地在厨房里高声唱起歌来,歌声里洋溢着爱情的欢乐。三毛本来以为,在这个老年人的社区里,会感染他们的寂寞和悲凉,没有想到,人生的尽头,也可以再有春天,再有希望,再有信心。正是这些老人对生命执着的热爱,对生活真切的有智慧的安排,才创造出了奇迹般灿烂的晚年。

荷西和三毛因为战乱逃离撒哈拉迁到大加纳利岛这段日子里,还是要提一下有关荷西家人的一段插曲。

逃难出来那一阵,三毛和荷西所有的积蓄都投入马德里一幢公寓房子里去了,荷西又失业,手头一点钱也没有。荷西打电话回家报告,家里不问一句他们钱够不够用,也不问他们过得怎样。在他们新家住下不到十天,婆婆事先也不打声招呼,带着荷西二姐、二姐夫和两个小孩子来了个"突然袭击"。这五个人就像打狼似的,吃吃喝喝玩玩一个月,花光了三毛的所有现钱和借来的钱,带着一床八千块的美丽床单、三块手表和一大堆玩具回去了,谁都没有提荷西失业的事情。

三毛每天像陀螺一样忙碌,"清早六时起床,铺床,做每一份花色不同的早饭,再清洗所有的碗盘,然后开始打扫全家,将小孩大人的衣服收齐,泡进肥皂粉里,拿出中午要吃的菜来解冻,开始洗衣服,晾衣服。这时婆婆全家都已经出门观光;湿衣服晾上,开始熨干衣服,衣服烫好,分别挂上,做中饭,四菜一汤,加上小孩子们特别要吃的东西。楼下车子喇叭响了,赶快下去接玩累了的婆婆,冷饮先送上，午饭开出来，吃完了，再洗碗，洗完碗，上咖啡，上完咖啡，再洗盘子杯子，弄些点心，再一同去城里逛逛。逛了回来，晚饭，洗澡，铺婆婆的床、小黛比的沙发、自己的地铺"，这时，三毛已是整整站了十六个小时。

三毛一向是自我的，从不肯为了成全别人委屈自己。但是为了荷西，就因为她们是荷西的母亲和家人，她竟然忍下来了，辛辛苦苦做了一个月的奴仆，直到公公来信催，直到姐夫要上班。相较这样自私而不知体谅的家人，三毛倍加珍惜自己家庭的温暖。为什么区别这么大呢？难道仅仅是因为人种和地域差别？

一次，三毛上街返家途中，恍恍惚惚中不幸出了车祸。虽然经过医治出了院，但是落下了下体出血的病根，她一直拖着没有彻底治疗。到第二年三月份的时候，她开始发烧，身上开了两次刀，疮结了又生，开了又结，又生，子宫又流血，下个月还要刮子宫，肝病也在吃药打针，简直就是百病缠身。那时候，荷西早已经结束了沙漠的工作，在另一个岛上做海底电缆的装配，月薪九百美金，每周末回家。荷西知道她病得很重，虽然自己还可以留在那边继续工作，而且他的薪水刚刚涨，但他毅然不做了，辞了工作回家照顾三毛的起居。

都说男人以事业为重，何况，好不容易找来的工作，正在慢慢上升阶段，说放弃就放弃，难免有些可惜。可是金钱可以衡量爱情吗？在亲情和事业之间，荷西作为一个丈夫，毫不犹豫作出了选择。钱，可以再挣，妻子，只有这唯一的一个。在你需要我的时候，我愿千金散去，不愿离你身边半步。

1976年3月26日，是三毛33岁的生日。她给父母亲写信，信上这样写道："我的半生，到现在，已十分满足，金钱、爱情、名声、家庭都堪称幸福无缺，只缺健康的身体，但是，我也无遗憾，如果今后早死，于人于己都该贴红挂彩，庆祝这样的人生美满结束，我的心里毫无悲伤，只有快乐。"

第四卷 梦里花落知多少

　　正如三毛所说，虽然她的心是幸福的，可是，如影随形的疾病一直缠绕着她，折磨着她。写此信时，大加纳利岛上的医疗条件有限，没法根治三毛的病症，所以，三毛决定回台湾治疗。她很希望荷西陪她一起回台湾，甚至写信向蒋经国求助，但是被告知台湾没有合适荷西的工作。无奈之下，考虑到旅程费用太贵，无奈之下，三毛只得独自回家。荷西一个人留在家里，没有随行。

第四章
回家——台湾小太阳

> "一次去，一场沧桑，失乡的人是不该去拾乡的，如果你的心里还有情，眼底尚有泪，那么故乡不会只是地理书上的一个名词。"
>
> ——三毛《离乡回乡》

为了治病，三毛回到了阔别七年的台湾，回到了久别的、温暖的家，回到了亲爱的爸爸妈妈身边。

七年了，无论是在马德里、西属撒哈拉，还是在西属大加纳利岛，三毛几乎已经是一个彻头彻尾的西班牙人。往事如梦，不堪回首，一个少小离家的人，一想到要再去踏一踏故国的泥土，竟思潮起伏，感触不能自已。这趟回家，不仅仅是医治身体，更是医治那千百回梦里挥之不去的乡愁。

除了养病以外，在父母亲身边，三毛又重新做了一回孩子："我想我从来不会这样爱过他们。过去我对我母亲的爱只感到厌烦，很腻。现在再想起来，我觉得我已能领会、享受他们的爱的幸福，我完全了解他们对我的爱了。"

自 1974 年在沙漠里写下《中国饭店》发表在《联合报》后，受当时担任《联合报》主编平鑫涛先生的鼓励，三毛一直没有停下过创作的笔。她——记录下撒哈拉沙漠里的那些经历，后来 1976 年 5

月份由皇冠出版社集结出版《撒哈拉的故事》，仍旧用的"三毛"这个名字。同年，三毛早期作品也结集出版成《雨季不再来》。

由于《撒哈拉的故事》写作风格真实、感人，把大漠的狂野温柔和活力四射的婚姻生活淋漓尽致地展现在大家面前，给大家展示了一个心目中不一样的撒哈拉。而读者对作者的崇拜，也是发自内心的。

三毛不是美女，但她身材高挑，披着长发，波西米亚风格的装扮，显得风韵十足，神情举止谈笑风生，粗犷中隐含着一种"读万卷书行万里路"的自信与豪情。这种与生俱来的魅力与其他20世纪60年代那批归国学子是有本质区别的。"做第一个踏进撒哈拉大沙漠的女子"，这是多大的口气！在她身上又有多少神秘的力量！

所以，这本书一经出版，立即掀起了一股"三毛热"，迅速地从台港横扫整个华文世界，大陆年轻人更是疯狂地迷上了三毛，成为她忠实的粉丝，而"流浪文学"更成为一种文化现象，几乎有华人的地方就有三毛的故事在传唱。所以，三毛这次回到台湾，受到了台湾民众的热烈欢迎。

三毛参加了诗人余光中发起的"现代诗与音乐结婚"的民歌运动。三毛写了《橄榄树》、《一条日光的大道》，由古典音乐作曲家李泰祥谱曲。

《橄榄树》首次发表演出后，并没有找到机会做商业性的发售。两年以后，《橄榄树》被作为1979年卖座电影《欢颜》的主题曲。齐豫用她高亢带点沧桑的嗓音，深情地唱道："不要问我从那里来，我的故乡在远方，为什么流浪，流浪远方，流浪。"一时成为大街小巷人人传唱的歌曲，唱片一经推出便成为台湾最热门的唱片。

在台湾，三毛初尝成名的滋味，被誉为"照耀台北的小太阳"。一位朱大夫也以中药秘方治好了她的宿疾。在台湾逗留了一段时间后，三毛返回大迦纳利岛，与久别的丈夫荷西团聚。

第五章
维权——要爱情也要面包

三毛回台湾治病期间，荷西尝试在岛上另找工作未果，又与朋友合伙承包工程，结果又没有成功，两个人只能依靠三毛的稿费过日子。可是，在荷西的观念里，一个家，是应该由丈夫挣钱养活妻子的，"要靠太太养活，不如自杀。"在三毛面前，荷西说了这样一段话："我，可以在全世界的人面前低头，可是在你面前，在你父母面前，总要抬得起头来，像一个丈夫，像一个女婿。"强烈的自尊心促使荷西再次决定外出谋职。不久，朋友介绍他去尼日利亚一家很小的德国潜水公司工作，负责打捞沉船。

1977年5月1日，荷西离开家去尼日利亚三个月以后，三毛也风尘仆仆跟来了。三个月不见，荷西瘦得不成样子，手指上还缠着白纱布。三毛这才知道，荷西一到公司，就被公司强行扣留了护照和潜水执照，每天，他要工作十四个小时以上，有时甚至十八个小时，没有加班费，四个月的薪水只付了半个月的，每天就吃面包牛油撒白糖。荷西得了疟疾，才两天，被逼着一天吃了几十粒药，乱打针，第三天就要他下水。手指被割得骨头都看见了，纱布包一下，又要下水做工。三个月已经捞了七条沉船。同时做事的路易会耍滑头，又是装病请假，又是推脱家里有事回去，所有的重活全靠荷西一个人撑着。

听到这些，三毛肺都要气炸了。但是，因为公司至今没有和荷西签约，而且，薪水还没有发，为了能顺利拿到荷西应得的八千美金工资，三毛决定暂且忍耐。在这里，她再一次充当了厨子和保洁员，给荷西、荷西的同事、老板、老板娘、老板请来的客人做饭，打扫公寓卫生。

待到第九天，清晨四点半的时候，送走了老板汉斯请来的客人，汉斯交待了一件事：三天之内，要把挡在水道上的一条沉船挖掉，船上六千包水泥也要挖出来，因为他已经把水泥卖给客户了。荷西当即表示这是不可能完成的事情，因为就两个人下水挖，给每包水泥扎上绳子，上面助手再拖上去，再运上岸，三天六千包，怎么算都完不成。

可是汉斯发作了，看他那盛气凌人的样子，三毛忍不住插了一句嘴，被汉斯一句"有你们女人说话的余地吗"顶了回来。三毛仰头瞪着他，一字一句地说："好，我不说话，你刚刚吃下去的菜，是女人做的，给我吐出来。"汉斯开始口吐狂言，三毛也气疯了，大骂他："你婊子养的，呸！"荷西赶紧把她拉回屋。三毛千叮咛万嘱咐，让荷西第二天一定罢工，不合理的要求，一定不能答应。可是，荷西为了两个人的家，为了拿到工钱，才睡了没几分钟就赶去打捞水泥了。

水泥挖了三天，几乎是荷西一个人拼了命在做，狡猾的同事路易又装病。第一天三百八十包，第二天二百八十包，挖到后来手都在颤抖，躺下就能睡着。三毛看着那个心疼啊，可是她的丈夫心眼太老实，为人太忠厚，也不会反抗，讨薪的事情，自然而然要由她出面当恶人了。

5月12日，正式交锋开始了。三毛在为汉斯邀请的一帮朋友准备中国大餐。她趁机会叫住了汉斯，跟他仔细算账：荷西做了几个月，薪水原先面对面讲要给多少，现在减到了多少，已经发了多少，还欠多少，一笔一笔细细地算。并且，打断了汉斯不支付薪水的无耻理由："你们又不花钱"、"你带不出境，不合法的"，义正词严地告诉他，花不花钱是他们自己的事情，发不发钱是公司的义务，并且，拿出入境单子当面给他看，带进来五千五美金，自然带得出去五千美金。汉斯再吼，问三毛带进来的钱呢？三毛平静地回答："这个，你管不着，出境我不会多带一分钱出去，完全合法。"汉斯终于没辙了。

三毛紧跟着挑明了付款期限,并且斩钉截铁地撂下一句话:"生意人,信用第一。说定了,我的个性,不喜欢再说第二遍。"

5月14日,荷西过度劳累,耳朵发炎了,吃不下饭,半边脸都肿了。可是,即便是这样,17日还要二十四小时水下作业打捞一条装满锌的沉船。三毛一想到长时间潜水对潜水员肺脏的损害就担惊受怕,因为荷西有一个朋友安东尼奥就是这样的,潜完水,一上岸,叫了一声"我痛!"倒地就死了。

因为太过担心荷西的安危,17日这天,三毛在台湾治好的下身出血的毛病竟然又犯了。荷西要连夜赶工回不来,三毛一个人流着汗,躺在床上,身下垫了大毛巾,按照朱医生以前教的方法,用手指紧紧缠住头顶上的一撮头发,尽力忍住痛,往上吊,以缓解大出血。

唉,荷西在水里,在暗暗的水里,现在是几点啊?他泡了多久了?什么时候才能回来?三毛怕血弄脏了床单荷西回来不能睡觉,又从床上挪到地下,身下垫了两块毛巾。

20日,荷西终于回来了。一回来,就扑上床闭上眼睛。他已经累得半死,根本顾不上妻子也在病着。为了拿到钱,三毛一忍再忍。

5月23日,三毛要离开尼日利亚了,这一天也是汉斯承诺交钱的日子。签完一小本支票,三毛发现,只有一千二百美金。面对这个无耻小人,三毛竟无语。

"有一天,也许你还得求我,人生,是说不定的。"离开的时候,三毛微笑着与汉斯握手。临走叮嘱荷西30日一定要以度假的名义离开,把三毛临走前争取到的薪水领掉,最后还是破灭了。荷西30日没有回来,一直到六月二日都没有回来。三毛走后没几天,汉斯撞了车,断手断脚,而荷西只擦破了几块皮。汉斯回德国医治,同事路易见没钱拿也走了,只剩下荷西一个人苦撑,欠的薪水越来越多,不知道什么时候才能拿到手。汉斯果然转过头来求三毛,一连给她发了八个电报。6月12日,三毛再度飞来尼日利亚,陪着荷西,再一次,做了道义上的傻瓜。

第四卷 梦里花落知多少

这一次的维权经历,三毛原原本本记录了下来,写成了《五月花》。这是对无良德国商人黑心嘴脸的无情揭露。在这次事件中,三毛再一次显露出她做人有礼有节、不卑不亢的个性,关键时刻挺身而出,维护自己丈夫的合法权益。虽然荷西工作了四个月的薪水从一万美金变成八千美金,从八千美金变成五千美金,再从五千美金变成三千美金(两千美金汉斯撒谎说汇到荷西他们西班牙账户,其实没汇),最后讲定的三千美金拿到手一千两百美金,这个小小的胜利,已经实属不易。没有办法,谁让他们遇见这样的小人呢?荷西在水里拼了命工作,而老板却在冷气间细嚼慢咽。工程赚的巨额利润被三个老板瓜分,他们却一再拖欠工人工资,吃住条件都是恶劣得不能再恶劣,这是何等的卑劣!

三毛劝说荷西的一段话,最能体现她做人的底线:"他那种态度对待你们,早就该打碎他的头,一走了之,我不怕你失业,怕的是你失了志气,失了做人的原则,为了有口饭吃,甘心给人放在脚下踩吗?"

第六章
爱你——情到深处爱亦浓

   "荷西，我爱你！"
   "你说什么？"
   "我说，我爱你！"
   "等你这句话等了那么多年，你终是说了！"
   "今夜告诉你了，是爱你的，爱你胜于自己的生命，荷西——"

——三毛《梦里花落知多少》

  经历了将近一年的地狱般的折磨，荷西终于脱离德国黑心商人的掌控，拿着三毛费尽心力讨回的仅三个月的薪水，离开了尼日利亚，回到了大加纳利岛的家，陪在三毛身边，度过了一段平静恩爱的幸福生活。1977年底，荷西谋到一份好差事，去丹纳丽芙岛修建一座"海边景观工程"，是引进澄蓝平静的海水，营造一片美丽的人造海滩，工作既浪漫又称心。荷西的脸上终于重新露出了自信的笑容。

  丹纳丽芙岛离大加纳利岛不远，从卡特林纳码头搭渡轮，只要四个小时就可以抵达。尽管相聚也很容易，可是，每次荷西离开家去做工，三毛总是忍受不了相思之苦，"一日不见，如隔三秋"似的，非得买一张船票漂洋过海来到丈夫身边，心才能安定。于是，大加纳利岛的家，宁可让它空着浪费，也要在丹纳丽芙岛海边租个房子，陪在丈夫身边。当荷西下海作业时，三毛就趴在阳台上，望着一望无际的大海，在阳光的照射下，散发出耀眼的光芒。

一次，三毛在十字港逛街，在一家卖小木娃娃的店铺里，有一个印着"MADE IN TAIWAN"的划船女娃。那个划船女娃扎着麻花辫儿，就摆在柜窗里，三毛每次去邮局，都要经过它。店员小姐看三毛也扎着麻花辫儿，开玩笑地说，你们俩长得好像耶，简直是一对姐妹嘛！难道姐姐不应该把妹妹抱回家去吗？因为划船女娃价格比较贵，三毛当时就没有买，回到家，还把这事当做一个小笑话讲给荷西听。

谁知道，几天后，当三毛打开做面包的烤箱，一下子就发现了那个可爱的划船女娃。三毛把小船抓起来一看，那个娃娃的脚底给画上了圆点点，小船边是荷西工工整整的字迹，写着：一九七八——Echo 号。

看到从自己家乡漂洋过海来的划船女娃，三毛心里忍不住荡过一阵暖流。她用心做了一个大大的鱼形奶油蛋糕，和划船女娃一起放在桌上。等荷西下班回来时，也不说什么，低头去穿鞋子，说要一个人去散步。

等三毛从图书馆借了书再走回家时，荷西故意睁大了眼睛对她说："了不得，这艘小船，钓上来好大一条甜鱼，里面还存着新鲜奶油呢。"

这样的你情我愿，这样的理解和爱护，在这美丽如画的丹纳丽芙岛，三毛和荷西，就像杨过和小龙女那样，美美地做着一对神仙眷侣，双宿双飞。荷西是那样聪明，他懂得妻子的心事，就像当年结婚走遍沙漠找到一具完整的骆驼头骨作为结婚礼物送给妻子一样，不论代价，买下这个台湾产的划船女娃，送给妻子，以解她思乡之愁。你喜欢的，我就喜欢。这样的小情调，日子便过得分外有情趣，时时处处充满着惊喜。

在丹纳丽芙岛，三毛爱上了画石。因为在海边专心捡石头，还差点被海浪卷进大海。若不是好心的路人发现，一路狂奔把她带离险境，恐怕早已被卷入大海了。在那些奇形怪状的石头上面，三毛用水彩，一笔一笔画小女孩，画小鸟，画小丑，画有小河流过的村庄，画音乐师带了一只鸡坐在红色的屋顶上拉小提琴。最得意也是最心爱的一块石头上，画的是一棵树，一树的红果子，七只白鸟绕树飞翔，两个裸体的人坐在树枝浓荫深处，是夜晚的景色，树上弯弯地悬了一道新月，月光很淡，雨点似的洒在树梢。

荷西回家以后，看到这块石头，也是受了很大的感动，觉得有一种文字形容不出的、极致的、神秘的美，便用粗麻绳圈了一个小托盘，将这块石头靠书架托站了起来。这是他们的伊甸园，而她和荷西，就是伊甸园里的亚当和夏娃，吃下了一口苹果，就将生死紧密联系在一起。

三毛一日一日沉浸在画石的热情里，除了不得已的家事和出门，所有的时间都交给了石头，不吃不睡不说话，如痴如醉地疯狂作画，就像走火入魔了似的，不眠不休地透支着自己有限的体力。"这无比的快乐，只有痴心专情的人才能了解，在我专注的静静的默坐下，千古寂寞的石魂都受了感动，一个一个向我显现出隐藏的面目来。"她不断地画，也不断地丢，只留下五六块最爱的。

复活节来的时候，三毛在大加纳利岛上的邻居一大家子来丹纳丽芙岛玩，三毛把宝贝石头左藏右藏，可是，还是被朋友洛丽的妹妹班琪带走了四块。三毛觉得，班琪哪里是偷走了四块石头，简直是偷走了自己的四个灵魂。

可是，最糟糕的事情还在后面呢！

因为暂时不回大加纳利岛的家，三毛把七块宝贝石头用报纸包好，放在一个塑胶袋里，藏在床底下，对清洁工人马利亚再三嘱咐不要去动那些石头。可是，有一天早晨，马利亚生病了，请了一个替工，竟然把床底下的袋子扔进垃圾桶，被垃圾车带走了！等三毛赶回家，手往床底下一摸，空空如也，瞬间崩溃掉了。

三毛一直冲,一直冲,一直冲到了大海边,冲进礁石缝里,趴在上面惊天动地地哭起来,一直哭到夜深,星星挂满漆黑的夜空。望着天上的星星,三毛仿佛看见了自己丢失的七块心爱的彩石,在漆黑美丽的夜空里,正以华丽得不能正视的颜色和光芒俯视着地下渺小爱哭的自己。是啊,丢掉的何止是石头!在每一块石头上,都附着三毛创作的心血和热恋的灵魂啊!为了捡它们,几乎搭上自己的生命,为了画它们,拖垮了自己原本就不很健康的身体,每天不停地淌冷汗,咳嗽,发烧,头剧痛,视线模糊,胸口喘不过气,走几步路都觉得天旋地转。它们怎么可以就这样随随便便离开了呢?

风呼呼地吹了起来,海水哗哗地淌着,好像在说:"不过是石头,不过是石头。"

过一会儿,海水又说话了:"我有一块石头,它不是属于任何人的,它属于山,它属于海,它属于大自然……怎么来的,怎么归去……"

1978年冬,荷西在丹纳丽芙岛一年的工作已经结束,准备和三毛从租住地搬回大加纳利岛的家中。离开前一天,正是除夕,三毛和荷西坐在完工的堤边,欣赏荷西曾经参与过的伟大成绩,那片美丽无比的人造海滩,享受不同凡响的快乐,从黄昏一直坐到子夜。

滨海大道上挤满了快乐的人群。钟敲十二响的时候,荷西把三毛抱在手臂里,让她快跟着钟声许十二个愿望。三毛便仰望着天上一朵朵怒放的烟火,一遍遍重复着十二句相同的话:"但愿人长久,但愿人长久,但愿人长久……"

许过愿,荷西从堤防上先跳下地,伸手接住三毛。两个人十指交缠,面对面凝望了一会儿。在烟火起落的五色光影下,荷西轻轻吻了三毛。三毛突然有些泪湿,赖在他的怀里不肯举步。一想到许愿的下一句"千里共婵娟"对夫妻来说并不太吉利,三毛感到有些心慌,当荷西说明天清早回家去的时候,竟失声叫起来:"但愿永远这样下去，不要有明天了!"一路走回租住地的路上，三毛紧紧握住荷西的手，好像要将彼此的生命握进永恒。在新年刚来的第一个时辰，三毛的心因为幸福满溢，竟怕得悲伤。

回到大加纳利岛的家中才过两个月，荷西接到电报，新工作来了，要他火速去拉芭玛岛报到，去那里建新机场、新港口。荷西简单收拾了行李，只几个小时就飞去拉芭玛岛了。

家里失去荷西，就像失去了生命，再好也是枉然。一个星期漫长的等待后，荷西的电报终于来了："租不到房子，你先来，我们住旅馆。"邻居们都劝三毛，说荷西周末回来一天半，一个人住家里，一个人住单身宿舍，不是经济些嘛，可是，三毛哪里肯，她一分一秒也不愿一个人待在空荡荡的家里，很快又锁上家门，打听好货船航道，把小白车、一笼金丝雀和杂物托运过去，自己拎着一只衣箱飞去了拉芭玛岛，住进了一房一厅加一个小厨房的公寓旅馆，把收入的一大半付给了这份固执的相守。

当飞机着陆在静静小小的荒凉机场时，三毛又看见了那两座黑里带火蓝的大火山，她的喉咙像被卡住了一样，心里一阵郁闷，压倒了重聚的欢乐和期待。初来加纳利群岛，游拉芭玛岛的时候，三毛和荷西都觉得这个岛又美又绿又肥沃，白色杏花雨，雾蒙蒙的山坳村落，简直是江南春色，风景美得如梦如幻。可是，这一次来，三毛却平白多了一股异样的念头。她心里怪怪的，总觉得这个岛有什么地方不对劲，看见它，总有一阵想哭的感觉。

在拉芭玛岛，世外的消息对他们来说已不重要，只是守着海，守着家，守着彼此。每次下班回家，荷西总是跑着回来，结婚六年了，结婚好似就是昨天的事，那么近，那么熟悉。每次听见荷西回家那熟悉的急促的脚步声，三毛的心中便会充满欢喜。但是，生活有时也有不如意的小插曲。

有一回，三毛教荷西念英文，荷西不耐烦，三毛竟啪的一声把手中的原子笔丢过去，荷西回摔过来记事本，还怒喊了一声："你这傻瓜女人！"

第一次被荷西骂重话，三毛呆了几秒钟，也不知道回骂，冲进浴室，拿了剪刀就绞头发，边剪边哭，头发乱七八糟掉了一地。荷西追上来倚门看着，也不上来抢剪刀，还冷笑："你也不必这样子，我走好了！"说完拿了车钥匙，砰一下关上门离家出走了。

那一夜，三毛的心碎了。"离开父母家那么多年了，谁的委屈也受下，只有荷西，他不能对我凶一句，在他面前，我是不设防的啊！"

清晨五点多，荷西轻轻地回来了。用冰给三毛冰哭肿的脸，又去拿剪子替她修补狗啃似的头发，说："只不过气头上骂了你一句，居然剪头发，要是一日我死了呢！"

三毛听了大恸，反身抱住他大哭起来，两个人缠了一身的碎发，就是不肯放手。经过这次事件，两人从此再也不吵了。

几个月下来，三毛和荷西的朋友滚雪球似的越滚越多，周末常常一起出去疯玩，爬山、下海、林中采野果、夜里睡睡袋讲鬼故事，欢乐得让他们常常以为是两个人一同死了，掉到这个没有时空的地方来。那时候，三毛的心脏又不好了，累多了胸口的压迫袭来，绞痛也来，连拎点东西一口气上四楼也不能够。

一天，三毛和荷西走路去看一部恐怖片，回去的路上，两个人奔跑追逐打闹，突然三毛就发作了心绞痛，抱住电线杆不能放手，也说不了话。荷西吓得不轻，把她一路背回家，背上四楼，握着三毛的手一直到天明。从那一天起，荷西睡觉，就一定要握住三毛的手才能睡着。在他心里，是不是也隐隐地觉着，两个人当下的幸福要好好珍惜，不要等有朝一日爱人离我而去，这快活的日子轻轻散去，遍寻不着才追悔莫及呢？

三毛开始做噩梦，缠绕了她好几年的噩梦，梦里总是在上车，上车要去什么令自己害怕的地方，梦里是一个人，没有荷西。她想起少年时代随父亲去机场接朋友,准确预测朋友家里刚死了什么人,那么,这一次,会不会也是?三毛心里的不安越来越强烈,她以为先走的是自己,便悄悄去公证人处写下了遗嘱。

因为觉得相聚的姻缘不长了,所以,时间就全部留给最亲的人。三毛以身体不好为由,推掉了很多的约会,一心一意和荷西过着二人世界的小日子。每天早晨,她买了蔬菜、水果、鲜花,总也不舍得回家,便借了邻居的脚踏车,一路往码头骑去。看到三毛来了,岸上的助手早就拉好信号,水里的荷西就浮了起来,朝妻子奔去,两个人靠在一起,就那么短暂的几分钟,分食一袋樱桃也是好的,然后荷西用手指轻轻按一下三毛的嘴唇,恋恋不舍离去。而三毛就痴痴地望着他潜下水,忘了离去。

助手好奇地问她:"你们结婚几年了?"

三毛回答,再过一个月就六年了。

助手感慨地说:"好得这个样子,谁看了你们也是不懂!"

三毛骑上车,眼睛越骑越湿,明明上一秒在一起还是好好地做着夫妻,一分手竟是那样魂牵梦萦。

三毛的情绪似乎也感染了荷西,即使是岸上的机器坏了一个螺丝钉,只修两小时,荷西也不肯在工地等,不怕麻烦地脱掉潜水服就往家跑。三毛不在家,就大街小巷地去找,一家一家店铺问过去:"看见 Echo 没有?看见 Echo 没有?"找到了以后,荷西也不避讳路人,双手环上来,微笑着痴看着三毛,然后两人一路拉着手,提着菜篮往工地走,走到了,也是快下水的时候了。

这期间,台湾《爱书人》杂志向三毛约稿,题目出得很吓人——《如果你只有三个月时间可活,你要怎么办?》。荷西好奇地问三毛:"你会去做些什么呢?"

当时,三毛正在厨房揉面,她举起沾满白粉的手,轻轻地摸了荷西的头发,慢慢地说:"傻子,我不会死的,因为还得给你做饺子呢!"

讲完这句话,荷西的眼睛忽然涌出了泪水,他从身后抱住她,嘴里喃喃地说:"你不死,你不死,你不死……"直到饺子上桌了这才放开她。然后又说:"这个《爱书人》杂志我们不要理他,因为我们都不死。""那么我们怎么样才死?"三毛问。"要到你很老我也很老,两个人都走不动也扶不动了,穿上干干净净的衣服,一齐躺在床上,闭上眼睛说:好吧!一齐去吧!"荷西回答。

这份约稿,三毛一直没有去做。直到一年以后,三毛想到这份欠稿,她的答案仍是那么的简单而固执:"我要守住我的家,护住我丈夫,一个有责任的人,是没有死亡的权利的。"

结婚纪念的那一天,荷西没有按时回家。三毛有点担心,下了楼要去找,荷西回家了,带回来一个红绒盒子,里面是一块罗马字的老式女用手表,是荷西加班挣来的外快买的,三毛结婚六年以来第一次有了一只手表。

"以后的每一分每一秒你都不能忘掉我,让它来替你数。"荷西走过来,双手在三毛身后环住。又是这样不祥的句子,三毛听了不由得又是心惊。

那个晚上,荷西睡了。在一浪一浪的海潮声里,三毛一个人静静地坐着,一遍遍回想和荷西这六年来一路走过的悲欢:十七岁时那个大树下痴情等候的孩子;撒哈拉沙漠建造新家时神祇一样在烈日下锯木头的男人,在哥哥家呕吐始终没合眼照顾了自己整晚的丈夫;十三年后,在枕畔共着呼吸的亲人。一股说不出的柔情充斥着三毛的心,她像疯了一样推醒荷西,对他说:"荷西,我爱你!"

开始还在睡梦中的荷西,听了这话,骇得全然醒了,坐了起来:"你说什么?"

"我说,我爱你!"黑暗中,三毛的声音有些呜咽。

"等你这句话等了那么多年,你终是说了!"

"今夜告诉你了,是爱你的,爱你胜过自己的生命,荷西——"

不等三毛讲下去，荷西像个孩子似的扑上来缠住她。在深夜里，为了这句简单的"我爱你"，两个结婚六年的夫妻竟然都泪湿满颊。

其实，"我爱你"这三个字，三毛虽然直到结婚六周年纪念日的夜里才亲口说出来，但是，她爱荷西的心，是早就有了。1974年4月27日，在给爹爹姆妈的信中，三毛这样写道："我的一生有苦有乐，人生实在是奇妙而又痛苦的。我并不能说我十分的爱荷西，但是跟了这样的人，应该没有抱怨了。他是个像男人的人，不会体贴，但他不说，他做，肯负责，我不要求更多了……回想马德里所有的男朋友，没有一个比得上荷西，我不后悔我的选择……我很高兴我有了归宿，我太幸福了。许多人一生只活一次，但我活了许多次不同的人生，这是上帝给的礼物。我从来没有跟荷西吵过架，将来也不会吵，心情很平静，是再度做人了，我要改的地方很多，我都改掉了。这块顽石也被磨得差不多了。"

要说，一开始，三毛和荷西的结合，真是因缘巧合。经过了太多的伤痛，荷西在合适的时间及时出现，用他六年等待的深情感动了三毛，终于缔结姻缘。婚后，两个人谁也不想做那人的另一半，家不像个家，倒像一座男女混住的小型宿舍，一起疯，一起玩，或者一个人自由地来来去去。当经历了撒哈拉战乱逃难、沙漠里的两次历险、一次次病痛中的相守、一次次海边为水下那个人的等候，那份牵挂，那份亲情，早已浓得化不开。你是我的一半，我是你的一半，合在一起才是一个整体，分开来，就不再完整，不再是自己。那么，情到浓时，爱是自然而然发生的吧？"我爱你"这三个字，不是嘴上随便说说，是要用心去感悟，去领会的啊！

六年，这不曾有过的夜半私语，海枯石烂，竟然就这样无法抑制地泛滥。是缘数要到了，还是太幸福了生出的恐惧呢？

一日，三毛在家洗四床被单，累到了，熟悉的心绞痛又犯了，赶紧喝了一口烈酒上床躺着。荷西见三毛没去送点心，连潜水服都没脱就开了车子赶回来。

"荷西……要是我死了,你一定答应我再娶,温柔些的女孩子好,听见没有……"三毛恹恹地说。

"你神经,讲这些做什么!"

"不神经,先跟你讲清楚,不再婚,我是永远灵魂都不能安息的。"

"你最近不正常,不跟你讲话。要是你死了,我一把火把家烧掉,然后上船去飘到老死。"

"放火也可以,只要你再娶。"

荷西瞪了三毛一眼,快步走出去,头低低的,轻轻扣上大门。

三毛一直预感是自己先走,对每一分一秒都是恐惧,都是不舍,都是牵挂。"平凡的夫妻如我们,想起生死,仍是一片茫茫,失去了另一个的日子,将是什么样的岁月?我不能先走,荷西失了我要痛疯掉的。"

有时候,三毛和荷西坐在阳台上,看大海上渔船打鱼,夕阳晚照,凉风吹来,三毛摸摸荷西的颈子,好端端的,便会落下泪来。荷西不敢说什么,只说这美丽的岛对三毛不合适,准备快快做完这第一期工程就不再续约,回大加纳利岛的家里去。

只有三毛心里明白,她没有发疯,是将有大苦难来了。

那一年,三毛,荷西,他们没有过完秋天。

第七章
诀别——来不及说再见

"天空没有飞鸟的痕迹,而我已经飞过。"

——泰戈尔《流萤集》

1979年,三毛的爸爸妈妈离开台湾,不远万里飞赴欧洲,推掉了所有的业务和应酬,特意来加纳利群岛看女儿女婿。听到这个消息,荷西又是兴奋又是紧张,一天练习好几小时英语,这样见到岳父岳母大人才好沟通。即使这样,还是连着好几个晚上没有睡好觉。

在机场,荷西没有依照西班牙礼仪习惯叫"陈先生",而是用汉语叫三毛父母"爸爸妈妈",把他们和三毛一起拥抱在自己宽大的怀里;回家吃饭的时候,又随三毛的习惯叫父亲"爹爹",一时令三毛激动万分,转身跑进洗手间去掩面而泣。因为,作为一个中国人来说,喊岳父、岳母为爸爸妈妈很顺口,但一个外国人,叫他喊从未见过面的人为爸、妈,除非他对自己的妻子有太多的亲情,否则还真是不容易的。

相见的时光总是那么美好,尤其是中国爸妈的关爱照顾,让荷西享受到了在自己的家庭中无法体会到的浓浓亲情与和睦气氛。他和三毛商量,是不是该有一个孩子了,这样,家里有爸爸妈妈,老公老婆,再加上孩子,一切就都圆满了。他还请"爹爹"说服三毛给自己买一辆摩托车,一老一小两个人成天到晚骑上摩托车外出撒野,直到吃饭时间才心满意足地飞车回来。

快乐时光总是那么短暂。相聚一个月后，三毛和爸爸妈妈坐上了离岛的螺旋桨飞机，计划陪他们去伦敦和欧洲旅游，荷西到机场送别。三毛站在机场最后望了一眼荷西，他正跳过一个花丛，希望能从那里再看到他们。三毛不停地向他招手，荷西也不停地向她招手，两个人依依不舍，不忍就此离别。

坐在三毛旁边的一位太太问："那个人是你的丈夫吗？"三毛说是。那位太太又问荷西来做什么，三毛就将父母来度假荷西来送行的事简单地告诉了她。太太告诉三毛，她是来看儿子的，接着就递给三毛一张名片。西班牙有一个风俗，守寡女人的名片，要在自己的名字后面，加上一句"某某人的未亡人"，那位太太的名片上正有那几个字。看到这样一张名片，三毛当时感到很刺眼，也很不舒服。谁都没想到，就在收到那张名片的两天后，她自己也成了那样的身份。谁又能预料这样残酷的结局，爸爸妈妈不远万里而来，竟像是命中注定，赶来，就是为了见亲爱的女婿第一面，也是，最后一面。

1979年9月30日，荷西在潜水捕鱼时突发意外，再也没能升上水面，他安静地睡着了，睡在一生热爱的美丽静谧的海底。得知消息的三毛当即中断陪伴父母的旅行，几乎疯了一样奔回荷西出事的地点，两天两夜一直守候在海边，等待丈夫的遗体打捞上岸。

那是怎样失魂落魄的漫长等待！三毛无论如何也不能相信，亲爱的丈夫几天前还与自己在机场挥手告别，临别时他还抱着母亲说："妈妈，我可不喜欢看见你流泪哟！明年一月你就要在台北的机场接我了，千万不要难过，Echo陪你去玩。"不是说好明年一起回台北看爸爸妈妈的吗？不是说好了要生小孩，和爸爸妈妈一起共享天伦的吗？你为什么一个人躲在水里不出来？说过的话，你要兑现啊！你不会死，你不会死，那个百转千回的噩梦，预示将死的是我，不是你啊！亲爱的荷西，亲爱的荷西，求求你，快点回来，回来！

然而，荷西终是离去了。两天后，他的遗体被打捞上岸。当最后的一点希望彻底落空，荷西死了，一下子变成为无情的事实，亲爱的丈夫，他是真的再也再也回不来了。昨日拥抱的温度还在，转瞬间却已阴阳相隔，遍身冰冷。三毛的泪水，像决堤的河流，湿了干，干了又湿。流不尽的哀痛，流不尽的思念，流不尽的灰心绝望。她不顾父亲的阻拦，扑倒在丈夫已经冰冷的胸口，歇斯底里地呼唤着荷西的名字，几度恸哭昏厥过去。

为荷西守灵的那夜，三毛赶走了其他陪伴的亲朋，一个人静静地守在荷西身边。她牵住他的手，就像他多少回牵住她的手入睡那样。她轻轻地对荷西耳语："你不要害怕，一直往前走，你会看到黑暗的隧道，走过去就是白光，那是神灵来接你了。我现在有父母在，不能跟你走，你先去等我。"说完这些，三毛发现荷西的眼睛流出了血。是冥冥中，已去的荷西听到了来自天国的呼唤吗？那眼角滴落的殷红的血，是要告诉三毛，他听到了三毛的祷告，感受到了她爱他的心迹吗？没有解释，不需要解释，也没办法解释。

三毛轻轻抚摸着荷西的身体，一如往昔般充满柔情，也饱含辛酸。她仿佛看见荷西胸口上的白被单奇迹般地一起一伏，她失控地大叫起来："荷西没有死，荷西没有死……"

荷西死了，三毛的心，跟着死了。

"结婚以前，在塞哥维亚的雪地里，已经换过了心，你带去的那颗是我的，我身上的，是你。埋下去的，是你，也是我。走了的，是我们。"

"那个十字架，是你背，也是我背，不到再相见的日子，我知道，我们不会肯放下。"

荷西葬礼过后，三毛被打了镇静剂躺在床上，可是药性对她根本不起作用，她仍然狂喊着荷西回来！荷西回来！那时候，她的母亲在厨房里发着抖，硬撑着给来参加葬礼的荷西母亲和哥哥姐姐们一次一次地炒蛋炒饭，而荷西的亲生母亲和哥哥姐姐们哭号一阵，吃一阵，然后赶着上街去街上抢购岛上免税的烟酒、手表、相机，匆匆忙忙登机离去。在三毛最需要亲情温暖的时候，是三毛的父母亲，越过千山万水赶过来,冥冥中充当了守望的天使,张开并不坚实的翅膀,保护着自己的女儿。

荷西被葬在了那片两人曾经常常经过的墓园。墓园种了特有的丝杉,围着方方的纯白的厚墙,还有一扇古老的镶花大铁门。每天清晨六时,墓园一开门,三毛总是准时过来陪伴她的荷西,总是痴痴地一直坐到黄昏,坐到幽暗的夜慢慢地给四周带来死亡的阴影。直到守墓人走过来劝慰,方才依依不舍地穿过一排又一排十字架,回到租来的公寓,回到自己的卧室,睁眼望着天花板,再次等清晨六时到来,又可以奔去和荷西相见。

眼见女儿痛失爱侣度日如年,三毛的爸爸妈妈也是憔悴不堪,两个人齐齐白了头。三毛从墓园回到公寓,妈妈总是捧着一碗热汤,跟进卧室,察言观色,近乎哀求地请三毛无论如何也要喝一口。女儿这么多天不吃不喝,做母亲的心也跟着痛得要死。三毛也痛惜母亲,却无论如何吃不下去,摇摇头侧过身,再不肯看母亲一眼。那碗汤,也就原封不动地端了出去。

墓园中和荷西的对话,成了三毛每天必做的功课。她跪在荷西墓前,一趟一趟把枯萎的花环抱到远远的垃圾桶里丢掉,又买来红的、白的玫瑰,放在注满清水的大花瓶里。

即使在极度痛苦的心情下,三毛还是坚强地去做一些必须要她来做的事情。在她的日程清单上,列着这样一些内容:去葬仪社结账,去找法医看解剖结果,去警察局交回荷西的身份证和驾驶执照,去海防司令部填写出事经过,去法院申请死亡证明,去市政府请求墓地式样许可,去社会福利局申报死亡,去打长途电话给马德里总公司要荷西工作合同证明,去打听寄车回大加纳利岛的船期和费用,诸如此类一件又一件刺心又无奈的琐事。

在老木匠的店里,三毛为荷西定制了十字架,并请老木匠再做一块厚厚的牌子钉在十字架中间,牌子上只刻了这几个字:荷西·马利安·葛罗——安息。下面是:你的妻子纪念你。

她要一个人去搬那个沉重的十字架和木栅栏,要用手指再次去挖那片埋着荷西的黄土,要自己去筑他永久的寝园,用手,用大石块,去挖,去钉,去围,替荷西去做这世上最后的一件事情。

那一天,三毛哭到肝肠寸断,直到把十指挖得鲜血淋漓,终于为黄土地下的荷西安置了一个美丽的寝园。那一晚,丝杉在晚风中呜咽,海浪拍在堤坝上,溅起大朵大朵雪白的浪花。风,吹乱了三毛的头发,遮挡住她满是泪水的双眼,她却没有气力将它们轻轻拂开。

终于到了告别的时候。阳光正烈,寂寂的墓园里,只有蝉鸣的声音。三毛坐在地上,双手环住那块十字架。她的手指,一遍一遍轻轻划过那个名字——荷西·马利安·葛罗。一遍一遍地爱抚,就像每一次轻轻抚摸荷西的头发一样的依恋和温柔。她一次又一次亲吻荷西的名字,一直叫着"荷西安息!荷西安息!",双臂却一直不肯放下。

三毛拿出缝好的系着黑丝带的小白布口袋,抓了一握荷西坟上的黄土。爱人啊,跟着我走吧,跟着我,是否才叫真正的安息呢?

离去的时刻到了。三毛几度想放开镌有荷西名字的十字架,又几度紧紧抱住不忍松手。

"我最后一次亲吻了你,荷西,给我勇气,放掉你大步走开吧!我背着你狂奔而去,跑了一大段路,忍不住停下来回首,我再度向你跑回去,扑倒在你的身上痛哭。我爱的人,不忍留下你一个人在黑暗里,在那个地方,又到哪儿去握住我的手安睡?我趴在地上哭着开始挖土,让我再将十指挖出鲜血,将你挖出来,再抱你一次,抱到我们一起烂成白骨吧!"

最后,三毛被哭泣着上来的父母带走了。她不敢挣扎,只是全身发抖,泪如血涌。最后回首的那一眼,阳光下的十字架亮着新漆。

荷西走了。像一只青鸟,飞进三毛的生命,在六年的婚姻生活中留下了点点滴滴情爱的绝美回忆,又扑扇着翅膀飞上了天堂。他曾经那样真实地来过,却走得那样匆忙,匆忙得令人难以置信,匆忙得来不及说再见,就去了另一个世界。

三毛把自己扔进了万劫不复的痛苦回忆中,不愿意就此从这梦中醒来。那个梦,是她和荷西两个人的,有欢笑,有泪水,有惊喜,有失落。无论怎样,那都是他们两个人全部的生活。只有荷西在,这个家,才是完整的。然而,梦终究只是个梦。天亮了,便会从梦中醒来。又有谁知道,梦里花落成海,铺满整个拉芭玛岛海岸,而荷西的魂灵就浮在这花海之上,静默无语。

"荷西,你乖乖地睡,我去一趟中国就回来陪你,不要悲伤,你只是睡了!"

第八章
不死——活着，只为那句承诺

> "我始终认定，爱，是人类唯一的救赎，它的力量，超越死亡。"
>
> ——三毛

钟子期死了，俞伯牙摔碎了琴，誓不再弹。

如今，荷西走了，三毛的心也随他去了。留在这世上的，只是一具空的躯壳。

小时候，看梁祝，总是不能够理解，为什么祝英台一定要跳进坟墓追随梁山伯而去，那不是傻吗？一根筋，想不透啊想不透。就算讨厌人家马文才公子，也可以让爹爹退婚，另觅心上人啊！现在想来，其实，这个世界上，有些人，真的是不可替代的。

祝英台和梁山伯同吃同住，几年来，耳鬓厮磨，芳心暗许，早已非他不嫁。她的心早已依附在梁兄身上，他就是她的魂，她的命，是要生生死死跟他走，任何人不能阻挠的。

同样，三毛和荷西相濡以沫，在撒哈拉沙漠、加纳利群岛共同生活了六年。在这六年里，两个人相亲相爱，做饭、洗碗、打扫房间、看夕阳、看星空、吹海风，爱情融入到生活的点点滴滴，无论是身体还是心灵早已相当默契，就像是一个人的左右手，你离不开我，我离不开你。"一日夫妻百日恩"，那么，六年呢？那要多少万个日日夜夜的恩情！这辈子，真要彻底遗忘，真的很难。

第四卷 梦里花落知多少

经历了这一场生死浩劫,痛彻心扉的三毛跟着同样心痛的爸爸妈妈飞回了台湾。在机场,迎接她的是无数的闪光灯和鲜花簇拥的人群。三毛求饶似的大喊着:"好啦!好啦!不拍了,求求你们,求求你们……"然后,用夹克盖住脸,大哭起来。那人群里,没有她的荷西。那些热情的台湾民众,她的拥趸者,谁又能体会她内心的疼痛,给她一段独处的空间呢?

灾难就像一场演出。演出越是华丽,现实就越猎奇。没有人关心演出的主角强撑的微笑背后,有多少踯躅独行的苦楚与艰辛。

回到台湾,依然是无尽的眼泪,依然是恍恍惚惚地做梦,依然是无法淡然的思念。再也没有快乐可言,那一身素黑,是脱不掉的心灵枷锁,再次把三毛锁在了一个无人可以探视的空间。

"许多个夜晚,许多次午夜梦回的时候,我躺在黑暗里,思念荷西几成疯狂,相思,像虫一样地慢慢啃着我的身体,直到我成为一个空空茫茫的大洞。夜是那样的长,那么的黑,窗外的雨,是我心里的泪,永远没有滴完的一天。"

"锁上我的记忆,锁上我的忧伤,不再想你,怎么可能再想你,快乐是禁地,生死之后,找不到进去的钥匙。"

一天深夜,三毛和父母谈话,突然说:"如果我选择了自己结束生命的这条路,你们也要想得明白,因为在我,那将是一个更幸福的归宿。"

听了这话,三毛的母亲一下子迸出眼泪来,她不敢说一句刺激的话,只是一遍又一遍喃喃地说:"你再试试,再试试活下去,不是不给你选择,可是请求你再试一次。"

父亲坐在黯淡的灯光下,语气几乎已经失去了控制,他说:"你讲这样无情的话,便是叫爸爸生活在地狱里,因为你今天既然已经说了出来,使我,这个做父亲的人,日日要活在恐惧里,不晓得那一天,我会突然失去我的女儿。如果你敢做出这样毁灭自己的生命的事情,那么你便是我的仇人,我不但今生要与你为仇,我世世代代都要与你为仇，因为是你，杀死了我最最心爱的女儿。"

泪水，从三毛脸上瀑布似的流了出来，她坐在床上，不能回答父亲一个字，房间里一片死寂。她的心在痛，因为她的这个念头，使得经历了那么多沧桑和人生波折的父母几乎崩溃。她实在不忍心，让父母亲在劳累了半生，付出了他们的全部之后，再痛失爱女，再来承受这样尖锐的打击，那是太残酷也太不公平的事情。可是，追随荷西的念头如此强烈，她怎么忍心丢下荷西，让他一个人留在那坐冰冷的新坟？这一刻已经破碎的心，要如何才能把它重新复原？

当三毛还在拉芭玛岛沉浸在失去荷西的悲痛中时，台湾一张蓝色的急电越洋飞来，是平鑫涛和琼瑶夫妇打来的："Echo，我们也痛，为你落泪，回来吧，台湾等你，我们爱你。"

与琼瑶夫妇结缘，是在三毛小弟弟上大学期间。早在休学在家期间，每天清晨六点半，三毛就会坐在小院门口台阶上等报纸来，因为上面有琼瑶小说《烟雨濛濛》的连载。每天不吞下那几百字，她那一天简直就没法过。后来，三毛出了自己的书，也当了"陈姐姐"，琼瑶给她寄来自己的一本书《秋歌》，书上不但签了名，还写了一段鼓励三毛的话。再后来，三毛偶尔回台湾，与琼瑶通通电话，还去她家里见了面，在自己儿时的偶像面前，紧张得一杯接一杯地喝茶。

应琼瑶的极力邀约，在一个秋残初冬的夜间，三毛抱着一大束血一样鲜红的仓兰，站在了琼瑶家的门口。那时她戴着重孝，一身黑衣，本来是不便上门的，可是，琼瑶一定要她来，要跟她讲话。

那个夜里，琼瑶缠了三毛整整七个小时，逼了七个小时，一定要三毛亲口说出那句话："我答应你，琼瑶，我不自杀。"因为，她猜到了三毛赴死的决心，猜到了三毛安葬完荷西，陪父母回到台湾之后内心的安排。三毛被琼瑶的逼问缠得没有办法，僵持了七个小时之后，两个人的体力都崩溃了，三毛终于讲出了这句话。讲完了又痛哭起来，开始恨琼瑶。因为，三毛一生重承诺，从不肯轻诺，一旦诺了便不能再改了。

不但逼迫三毛向自己承诺，琼瑶还逼着三毛回去以后，当着母亲的面亲口说"妈妈，你放心，我不自杀，这是我的承诺"。放三毛回家以后，琼瑶还特意打电话过来问三毛说了没有，当听到肯定的回答，才放心地挂了电话。

那一阵，三毛的心里是恨琼瑶的。恨自己被逼出来的一句承诺，让自己留下来过着不堪的日子，忍受着人间的繁杂。尤其是当她一个人回到加纳利群岛，一个人在深夜里坐着，灯火全熄，守着一幢大空房子和满墙不语的照片，对着大海的明月，听海涛怒吼，那是怎样的一种空洞和孤独。

三毛无时不刻地思念着荷西，"在一个个漫漫长夜，思念像千万只蚂蚁一样啃噬着我的身体。"有荷西在，地狱也是天堂；没有了荷西，天堂就是地狱。但是想到自己现在所承受的苦痛，三毛不由得还要感谢上天，因为"今日活着的是我，痛着的也是我，如果叫荷西来忍受这一分钟又一分钟的长夜，那我是万万不肯的。幸好这些都没有轮到他，要是他像我这样地活下去，那么我拼了命也要跟上帝争了回来换他。"

"毕竟，先走的是比较幸福的，留下来的，也并不是强者，可是，在这彻心的苦，切肤的疼痛里，我仍是要说：'为了爱的缘故，这永别的苦杯，还是让我来喝下吧！'"

那一刻，三毛终于明白了爱，她的爱有多深，牵挂和不舍便有多长。所以，她没有选择地做了暂时的不死鸟，只要父母不肯让她死去，她便也不再有放弃他们的念头。生的艰难，心的空虚，死别时的碎心又碎心，统统由自己一个人来承当。

第九章
陪伴——荷西，我回来了

三毛回到台湾休养的那几个月里，无休无止的宴会、座谈会，把她脆弱的神经折磨得疲惫不堪。她甚至用自己手中的笔，在文中杀死自己，而且，死都要死在座谈会上：

"我很方便就可以用这一支笔把那个叫做三毛的女人杀掉，因为已经厌死了她，给她安排死在座谈会上好了，'因为那里人多'，她说着说着，突然倒了下去，麦克风嘭地撞到了地上，发出一阵巨响，接着一切都寂静了，那个三毛，动也不动地死了。大家看见这一幕先是呆掉了，等到发觉她是真的死了时，镁光灯才拚命无情地闪亮起来。有人开始鼓掌，觉得三毛死对了地方，'因为恰好给他们看得清清楚楚，'她又一向诚实，连死也不假装。"

有时候，家里的电话一个接一个吵得实在令人心烦，三毛真想发疯，她接起电话就喊："告诉你一件事情，你要找的三毛已经死啦！真的，昨天晚上死掉的，倒下去时还拖断了书桌台灯的电线呢！"

有很多次，在那些半生不熟的宴会上，三毛被闷得不堪再活，只想发发疯，就突然会说："大家都来做小孩子好不好，偶尔做做小孩是舒服的事情。"然后全桌的人都看着她穿的黑衣，怪窘地陪笑着，好似在可怜她似的容忍着这些言语。等到有一个人出面附和"好啊好啊，大家来做小孩子，三毛，你说要怎么做"时，所有的好兴致全都不对劲了。于是三毛礼貌地答一句："算啦！"便一直微笑着直到宴会结束。

第四卷 梦里花落知多少

到底跟荷西是永远的聚了还是永远的散了？三毛内心还是一团迷糊，每次都是别人一问便泪出。她去东南亚旅游散心，在泰国玩一种海上游戏，身后系着降落伞，海滩上被汽艇一拖，降落伞涨满了风，猛然像放风筝似的给送上了青天。一想到人死了之后，灵魂大概就是这种在飞的感觉，三毛心中的泪滴得出血似的痛，"荷西，你看我也来了，我们一起再飞。"在香港，她和摄影家水禾田一道在山径上驱车前往浅水湾酒店。车厢里收音机正播着风靡台湾和香港的《橄榄树》，一车人竟齐齐合唱起来。

虽然三毛想在这些地方多看一些风景，但当时她已经是台湾的名人，无论她走到哪里，都会被人关注，无法当一个彻头彻尾的独行者。在热闹尘世的逼迫下，喜欢清净的三毛无时不刻不想着逃遁，逃回加纳利的家，离荷西近一些，更近一些。在那里，她会一样地洗衣服、擦地、打理盆景、铺床。偶尔会去小镇上，在买东西的时候，跟人说说话，去邮局信箱里，盼一封朋友的来信。也可能，在天气晴朗，而又心境安稳的时候，去坐飞机，买一把鲜花，在荷西长眠的地方坐一个静静的黄昏。暮色来时，再仔细地锁好门窗。也不再在白日将自己打扮得花枝招展，那些长裙，全都锁进了箱子。因为，要看的人已经不在。还要养一只大狼狗，买一把猎枪，要是有谁，不经允许敢跨入花园一步，就要他死在枪下。

这个世界上，她只认识一个安静的地方，那就是她和荷西海边的家。在那儿，有海，有空茫的天，还有那永远吹拂着大风的哀愁海滩。何必贪念红尘？多少次，在一场又一场座谈会上，虽然她意气飞扬，满含自信若有所思地仰着头，脸上荡着笑，可是，刺目的灯光下，她的眼睛却藏不住秘密，眸子里闪烁的只是满满的倔强的眼泪，还有，那一个像大海一样情深的故事。何不离去？何不离去？虽然，那个家如今只剩下她一人，可是，还要什么呢？她只想一个人，守着这个曾经温暖的家，安静简单地过完下半辈子……

"有谁，在这个世界上不是孤独地生，不是孤独地死？青春结伴，我已有过，是感恩，是满足，没有遗憾。"

　　回台休养几个月后，怀着对荷西的深切追思，1980年5月，三毛离开了台湾的爸爸妈妈，经瑞士、意大利、奥地利、西班牙，最后返回加纳利群岛。
　　途经西班牙马德里的时候，三毛去了荷西的父母家。黑衣人见黑衣人，相拥哭泣，公公想起儿子死得是那样的凄惨，更是老泪纵横，嚎啕大哭。妹妹伊丝塔，这个当年三毛和荷西的红娘，也是三毛这个家里除了荷西最爱最亲近的人，把三毛拉进浴室，告诉她，荷西不喜欢她穿得跟乌鸦一样黑黑的。伊丝塔郑重其事地对三毛说："Echo，记住，我爱你！"22岁的她和荷西有着一式一样的微笑。

　　荷西姐妹走了以后，三毛开始在伊丝塔的房间里铺床。这时候，婆婆走了进来，问她加纳利群岛的房子是不是还要住下去，并且表示，如果三毛要长住，那么他们是不会赶她走的，但是如果三毛想卖，就要征得他们同意："一切照法院的说法办吧！我知道荷西赚很多钱。"
　　三毛的胃再次抽痛起来。新亡人尸骨未寒，婆婆却和自己讲起房产的分割问题，倘若让荷西的灵魂听了，是要不安的，她赶紧推脱胃痛挡了过去。

　　家庭聚餐的时候，这个问题再次被荷西家人郑重提起。每一个人的脸色都突然沉静下来，姐夫夏米叶把餐巾丢到桌上，婆婆戏剧性地大哭，就连没戴助听器的公公也大叫："荷西的东西是我的！"三毛的心，完全破灭得成了碎片，随风散去。"本是同根生，相煎何太急"啊！
　　她推开椅子，绕过夏米叶，走到婆婆跟前，一字一顿地说："妈妈，你平静下来，我用生命跟你起誓，荷西留下的，除了婚戒之外，你真要，就给你，我不争……"
　　他们是荷西的父母，每次想到荷西的血肉来自于他们，三毛心里再委屈也不肯决裂。虽然,荷西的父母很有钱;虽然,荷西小时候他们对他很苛刻,七岁的孩子连要一本新的练习簿都不肯买,可怜的荷西只能花整晚的时间,含着眼泪,用橡皮擦一点一点擦掉已经写满整个本子的铅笔字;虽然,公公连花了650块给荷西的相片做了一个框都要再三强调。三毛,还是一如既往地隐忍。只因为,他们是荷西的家人。

飞机降落加纳利,三毛守着自己的诺言,千山万水地回到了荷西身边。

抵达的时间是在夜里,好心的邻居甘蒂把三毛接到她家去住。看见隔墙月光下自己房顶的红瓦,三毛哽咽不能言语,情绪激动胃也绞痛起来。邮局局长夫妇也来了,热情地拉她去他们家,弹电风琴给她听。在他们的大玻璃窗边,三毛仍是忍不住,不断张望那久别了的白屋。大家开了香槟欢迎三毛归来,可是,一举杯,三毛的眼泪忍不住就狂泻下来,于是又都去打乒乓球,闹到深夜。大家都尽情尽意地帮助她度过这最艰难的一刻。

荷西,你看到了吗?我回来了!我回来陪你了!我愿意一辈子就这样过了,一辈子守住我们的家,陪在你身边,远离喧嚣,远离风月,永远,隐居在大西洋上的这座永恒之岛。你的妻子回来给你祭扫,回来尽一个妻子的责任和义务,回来照顾你,陪伴你。我不会让你一个人留在这座孤岛上,孤孤单单。

她穿着荷西生前最爱看的一件锦绣彩衣,捧着满怀的鲜花,鼓起勇气走上那条通往墓园的煤渣路,一步一步,远远看见了荷西躺着的那片地,呼吸开始急促起来,步子也零乱了,她忍不住疯了似的向墓地狂奔而去,奔散了手中的花束,扑上去亲吻荷西的名字。眼见墓木已拱,十字架旧得有若朽木,油漆的名字也淡得看不出来是谁了,不由得内疚万分,仿佛万箭穿心似的痛穿透了身体。

三毛给荷西插好了鲜花,注满清水在瓶子里,转身奔下小城,去买淡棕色的亮光漆、小刷子和黑色的粗芯签字笔。

再回到墓地的时候，守墓人在挖一位黑衣妇人丈夫的坟，五年了，要捡骨运去马德里。妇人不忍去看，三毛代她去了，看到白白的尸骨和飞灰，忍不住骇了一跳，浑身发冷发抖。同样的，五年后，她怎么能够面对刚才那一幕景象，在自己身上重演？

三毛慢慢摸到水龙头边的水槽，把凉水泼到脸上去。直到浸得头脑冷静了，这才拿了油漆刷子走向荷西的坟地。

阳光下，没有跟亲爱的荷西说一句话，三毛用签字笔一次次填过刻着字的木槽缝里——荷西·马利安·葛罗，安息，你的妻子纪念你。将那几句话涂得全新，等它们干透了，在用小刷子开始上亮光漆。

在那个炎热的午后，花丛里，一个着彩衣的女人，一遍又一遍地漆着十字架，漆着四周的木栅栏。没有泪，她只是在做一个妻子的事情——照顾丈夫。油漆干了，再涂一次，再等它干，再涂一次。渴了，倦了，困了，就靠在荷西身边，双手挂在新刷的十字架上，慢慢睡去。再没有眼泪，再没有恸哭，只是那么靠着，一如过去的年年月月。

远处，有什么人在轻轻地唱歌：

> 记得当时年纪小
> 你爱谈天
> 我爱笑
> 有一回并肩坐在桃树下
> 风在林梢鸟儿在叫
> 我们不知怎样睡着了
> 梦里花落知多少

第五卷 Chapter · 05 万水千山走遍

"世上的欢乐幸福，总结起来只有几种，而千行的眼泪，却有千种不同的疼痛，那打不开的泪结，只有交给时间去解。"

——三毛

第一章
亲情——再次呼唤爱女回归

回到大加纳利岛的家，祭扫完荷西的坟，三毛开始没日没夜处理一些繁琐的事物。

先是家里卫生的大扫除，擦洗窗户、割草、给花浇水，让这个家重新变得清洁而美丽。出于安全考虑，她第一次给这个家申请安装电话。然后请邮局的人帮忙开车送过来一大布口袋的信件，拆信，看信。

最繁复的手续，是荷西那边的遗产分割。因为荷西走得匆忙没有遗嘱，公婆又不肯放弃继承权，并且再三叮咛三毛要快快弄清，所以，每天一大早，三毛总是马不停蹄地周旋于法院、警察局、市政府、社会福利局和房地产登记处这些地方，去弄二十多份证明文件，实在是劳心又劳力的一件事情。

白天，有事情做倒也罢了。上午处理文件，下午接待接待来看望她的朋友邻居，除除草，把自己累到不行才睡下。可是，即便这样，"夜里也常常惊醒，不知身在何处，等到想清楚是躲在黑暗里，完全孤独的一个人，而荷西是死了，明明是自己葬下他的，实在是死了，我的心便狂跳起来，跳得好似也将死去一般的慌乱。开灯坐起来看书，却又听见海潮与夜的声音，这么一来便是失眠到天亮无法再睡。"

在这段独处的时间里，三毛一边做事，一边在这个屋子里回忆过去的温馨和欢乐。思念荷西的感觉一日强大一日，想起他的时候，内心仍感觉无比幸福的，仍觉得自己是个富足的人。

她也多次思考生与死的关系和意义。在给父母的信中，她这样写道:"人生的聚散本来在乎一念之间,不要说是活着分离,其实连死也不能隔绝彼此的爱,死只是进入另一层次的生活,如果这么想,聚散无常也是自然的现象,实在不需太过悲伤。请相信上天的旨意,发生在这世界上的事情没有一样是出于偶然,终有一天这一切都会有一个解释。"

"我们来到这个生命和躯体里必然是有使命的,越是艰难的事情便越当去超越它,命运并不是个荒谬的玩笑,虽然有一度确是那么想过。偏偏喜欢再一度投入生命,看看生的韧力有多么的强大而深奥。当然,这一切的坚强不是出于我自己,而是上天赋予我们的能力,如果不好好的去善用它不是可惜了这一番美意。"

三毛的智利朋友路易斯,一直要三毛去看他的律师,叫她跟保险公司打官司,因为荷西潜水死亡,保险公司没有赔付人寿保险金。但是三毛打定主意不去为这笔人寿保险争公理,她不愿一而再再而三地述说荷西出事经过,对她来说,这样实在太残忍。她宁愿不要那笔也不会富也不会穷的金钱,切让快乐的回忆留住,不再去想那些最最惊骇的伤痛。

她一直也记挂着去年在海中找到荷西尸体的男人,没有他的地址,只知道那人住在岛的北部。这事她一直耿耿于怀,回来以后,想去他的乡村打听,希望能找到这个人,要亲自跪下来谢他,还想打一条金链条给他,以聊表心意,报答这份一生也无法回报的恩情。

这期间,三毛仍旧没有停下手中的笔。她饱含着热泪,写下一段段痛彻心扉的文字,记录下荷西逝去前后那段不堪回首的经历,传达对亡夫的深沉情思,也记录下父母亲在自己最痛苦的时刻陪伴自己的那份大爱。《梦里花多知多少》、《背影》,那一句句伤感的独白,字字含血,段段带泪,读来令人不胜唏嘘。

三毛给父母的家信中,曾经一再地说,要离开这个伤心地另寻新的生活。可是到了西班牙,一说西班牙语,立刻就打消了离开的念头。她太爱这个国家，也爱加纳利群岛。虽然说中国是血脉，西班牙是爱情，而非洲，在过去的六年里，早已成为她的根，那么，即使离开，又该去什么地方开始新的生活呢？伤心地虽然伤心，却充满了熟悉而亲切的温馨回忆，是不忍猝离的啊！

虽然，三毛很享受一个人的隐居生活，也并没有觉得独处的苦，而且，在1985年之前，她是不会永远离开这座岛屿的，因为荷西在这里。五年之后请求捡骨，那时候心愿才算了，到哪里都是家，倒并不一定死守这个孤地了。但是，作为她的父母，三毛爸爸妈妈觉得把三毛一个人丢在万里之外的大西洋，实在心中不忍，常常在家信中凄凄呼唤她的回归。亲人的呼唤，对故园的思念，永生的乡愁，再次击破了心底里对灯红酒绿的城市生活设下的防线。

一天，新闻局驻马德里代表刘先生给三毛打了一个长途电话，说是宋局长邀请她回台参加主持1981年度广播电视"金钟奖"颁奖典礼。如果同意的话，马上就可以收拾行李动身启程。一开始，三毛并没有答应，因为六月初，她的计划应该是在摩洛哥和埃及。放下电话，三毛的心绪一直不能平静。她打通了台湾家里的电话，本来是要和父母商议这件事，可是，当她一听到母亲声音传来，竟然脱口而出："妈妈，我要回家了！"

1981年6月，孀居一年后，三毛再一次回到台湾，回到父母身边，也回到台北的滚滚红尘里。

第二章
自由——多么奢侈的梦想

从灵魂的飞翔姿态一下子跌回人间，又重新回到故乡的聚光灯下，有很长一段时间，三毛一个人悄悄地躲着，倒吞着咸咸的泪水。

回台北不过三四天时间，无孔不入的电话记录便填满了三毛的记事本，应酬竟然排到一个月后还没有在家吃一顿饭的空当。一天早晨，三毛又被钉在电话机旁的椅子上，每接五个电话就画一个"正"字。当画到第九个"正"字的时候，她终于忍不住发了狂，跟对方说："三毛死掉啦！请你到那边去找她！"说完挂掉电话，自己也骇了一跳，双手蒙上了眼睛，大哭了一场。

终于有一天，三毛的记事簿中，从吃完中午饭的下午四点半到六点半，出现了两个小时的宝贵空当。她站在台北的雨中，如同意外出笼的一只笨鸟，快乐得不知何去何从。她奔去了火车站前的广场大厦，去找父亲的办公室，那个她从来没有时间去的地方，给父亲一份意外的惊喜。

父亲和女儿，两个人合撑着一把伞，走在台北的雨中。每经过一个店铺，一片地摊，一家小食店，父亲便会问三毛："要什么吗？想要我们就停下来！"其实，哪里要什么呢？三毛想要的，不过是在她深爱的乱七八糟的城市里发发疯，享受一下人世间的艳俗和繁华罢了。

他们穿过一条又一条街，突然，三毛看到店铺橱窗里放着李小龙在影片中使的"双节棍"，脱口而出："买给我！买给我！"父亲便买了三根。三毛没有抢着付钱，因为他是自己的父亲，受得泰然，也当得起。

功学社的三楼有一家卖高筒靴溜冰鞋的体育用品社专柜，三毛带回来的一双旧的溜冰鞋不知道为什么回台湾后就找不到了，就想重新买一双。可是，专柜的溜冰鞋只有黑色的，没有她想要的白底加红色轮子的那种，只好失望地离开。

没想到，等三毛参加完活动深夜四时回到家，仍在守候的母亲为她打开房门后，天哪！她看到了什么？米色的地毯上站着一辆枣红色的小脚踏车，前面安装了一个纯白色的网篮，篮子里面，是一双躺着的溜冰鞋，正是她以前那双的颜色和式样。面对这两样"天堂里搬下来的东西"，三毛发了好一会呆。她轻轻抚摸着它们，不敢重摸，生怕它们又要消失。

一个周末，三毛的父母亲与登山的朋友们相约去神木群中旅行两日，讲好了三毛同去，可是三毛还是借口也不肯找地拒绝了。众乐乐的事情她来说仍是累人，而且艰难。她莫名地害怕与人群处，害怕出门被人指指点点，怕走在路上被人递上纸笔要求签名，怕眼睛被人潮堵住，怕镁光灯没命地拍，怕电话一天几十个，怕报社转来的大批信件，更怕听见"三毛"这个"陌生"的名字，这些事总让她莫名其妙地觉着悲凉。

一个人留在家里，三毛的自闭症又一点一点围上来。大白天，她将大门、阳台门一层层上了锁，仔仔细细扣上锁链，关上所有窗子，拉上窗帘，打电话给姐姐弟弟，不许他们周末回家，接着把电话筒取下搁在一边，关上收音机。做完这些，她又把所有来信清理进衣箱，把所有盆景搬去冲水，然后一个人静静地坐在这个完全封闭的空间里，悄悄地啃指甲。

她开始寻思怎么处置上次从迪化街剪的两块裙子布，总觉得店里做的成品有哪里不对劲儿。于是趴在地上，将新裙子全部拆掉，一刀一刀再次剪裁，从午后一直忙碌到万家灯火。要不是天色幽暗起身开

163

灯，还不知道要缝到哪一年月。

担心父母亲可能打电话回家，三毛挂上了电话筒。刚一挂上，就有儿时同伴相约去跳舞，深夜还有人约她去花市。唉，这些人哪！你又怎知我心事？最爱在晚饭后，身边坐着我爱的人，他看书或看电视，我坐在一盏台灯下，身上堆着布料，两人有一搭没一搭地说着闲话，将那份对家庭的情爱，一针一针地透过指尖，缝进不说一句话的窗帘里去。然后有一天，上班的人回来了，窗口飘出了帘子等他——家就成了。而现在呢？地上摊着的，是一条裙子。要是这条裙子是一幅窗帘呢？要是我缝的是一幅窗帘，那么永远永远回不去了的家又有谁要等待？

针，刺进了手指，流出一滴圆圆的血来。三毛没觉得痛，反而觉得血滴是手指上一颗怪好看的樱桃。做好了的漂亮裙子，既然不能穿着它跳圆舞曲，就把它送人，再做一条新的。

夏日的夜，闷热而粘人。三毛翻出那部重本红缎线装的《陈氏永春堂宗谱》，细读祖父传奇的故事，辛酸血泪白手起家的一生。泰隆公司经售美孚煤油，祥泰行做木材生意，顺和号销启新水泥，十四岁的小男孩夹着一床棉被、两件单衣和一双布鞋到上海做学徒。晚年，祖父归老家乡，建医院，创小学，修桥铺路，没有为自己留下什么产业，最后在庙里度了余生。看到最后祖宗茔葬的地点，心下害怕，赶紧逃出那个满是灵魂的小房间，便是看到自己小时候的照片，也像见了鬼似的心惊和陌生。

从地上的裙子堆中迷迷糊糊醒来，这样热闹的星期天，三毛却固执地把寂寞缝进一条快乐而色彩鲜明的裙子里去。陪伴她的，是书桌上荷西的一张放大照片。每次抬眼看他，眼光总是缱绻地爱抚照片里的那个人，就像一场最亲密的默谈，只属于两个人的私语，任外人谁也不能参透其中的奥秘和纠缠。

第二条裙子终于也完工了，黄昏也来临了。翻开自己的电话簿，三毛赫然发现，对着近一百个名字，想着一张张名字上的脸孔，发觉竟然没有一个可以讲话的人。谁能够听得懂她和两条裙子之间的感情对话,愿意听她讲述这些细细碎碎的故事,还有故事背后隐藏的和荷西之间关于缝补的小秘密呢?

对三毛来说,回到台北,似乎除了餐馆之外没去过什么别的地方。总是一场场座谈会,一个个录音访问,最后总是落到一处处饭局。虽然脸上仍是微微笑着,寂寞却是彻骨,挥之无力,一任自己在里面恍惚浮沉,直到再也不能够。所以,但凡一有空,她就马上换上白衬衫、蓝布裤、球鞋,推着脚踏车去广场,绕着广场一遍又一遍地骑,一圈又一圈地慢慢溜。

台北的雨总是淅淅沥沥下个不停,三毛出门总是不愿意打伞,喜欢在天空下自由自在地淋雨,心甘情愿地淋湿自己的羽毛,静心享受这份随波逐流的悠然。

故乡啊,你热情之又热情,使我不小心动了凡心,就掉进了你不动声色给我设的温柔陷阱;自由啊,你是多么奢侈的梦想!在以各种名义为借口的情谊绑架下,我已不再属于我自己;而父母亲完全的呵护啊,你们拿走了我生命的挑战和责任,不给负责的人,必然是迷失而不快乐的。有谁,真的懂我?和荷西一起度过的六年纯净而清朗的日子,是再也再也回不来了啊!

第三章
流浪——骑马仗剑游欧美

在台湾的饭局上,三毛结交了许许多多的各界知名人士。当时她的名气已经很大,却和一个叫纪政的短跑运动员一见如故,彼此做了很要好的朋友。当时纪政聊到自己喜欢穿印度纱,结果没多久就收到三毛送来的四件印度纱。当纪政得知三毛想去南美旅游的愿望已久,就为她联系介绍《联合报》的负责人王惕吾先生,由《联合报》承担南美旅游的全部费用,还给她派了一位美籍摄影师米夏做助手。

与父母享受了一段天伦之乐的美好时光之后,1981年11月,三毛在《联合报》的资助下,开启了为期半年多的中南美之旅。这个马背上的精灵,再次骑马仗剑踏上征途,去领略这个大千世界的美好风光,并且,用她特有的"三毛式"的文字,记录下旅程中的所看、所闻、所想,帮助所有居家的读者实现环游世界的梦想。

旅程的第一站,墨西哥。三毛把墨西哥之旅称作"大蜥蜴之夜"。是因为约根,她曾经的德国男友,先是利用外交特别派司让三毛和米夏下飞机时走了绿色通道,既没有排队,也没有检查行李,然后又未经三毛同意,没有安排旅馆,而是直接把三毛她们接到了自己豪华的寓所,不顾三毛二十多个小时的飞行,喊了一帮朋友过来,炫耀自己的这位名作家朋友,更自作主张让三毛买一双高跟鞋,陪他参加一星期的六场宴会。

不明就里的米夏对约根家那些琳琅满目的收藏品充满了沉醉、迷惑、欣赏与崇拜,全然不知三毛此刻的心境。只有经过那些苦痛的经历,才知晓一个人的为人。在德国求学那段时间的辛苦,考试考砸了以后约根冷漠的言语,他对自己前途的过分看重,早就让三毛看得彻底。大梦初醒的人,才能明白"盖世英雄难免无常,荣华富贵犹如春梦"。

住在约根家的第五日晚,"大蜥蜴之夜"隆重开场。约根邀请十几位外交官客人来家参加酒会。文雅的喝酒、谈话、听音乐、讲笑话之后,好戏开场了。到处都是烟雾和酒气,男男女女的外衣脱去了,笑声暧昧而释放。文化参事的夫人莎宾娜逮住一个男人就扑上去,像一只饥饿的野兽,在墨西哥神秘的夜里开始行猎。有几对夫妇礼貌地起身告辞,其余的,关上了一间一间卧室的门,只剩下三毛、一位可亲的博士和那位文化参事,什么也不说,一根接一根抽烟,像窒息了似的熬着。

这是自由的墨西哥,每个人都有权利选择自己的生命和道路。这种气氛,邪气而美丽,像是一只大爬虫,墨西哥特有的大蜥蜴,咝咝地向人吹吐着腥浓的喘息。

那一夜过后,三毛没有跟约根打招呼,悄然搬出了他的寓所,住进了市中心林荫大道的一家中级旅馆。毕竟,她要承担的,是自己的前程和心情,凭什么要让不相关的人来扫兴呢?能自由自在去水道坐花船、乘公交去南部小村落、太阳神庙、月神庙,那是多么愉快的一件事情!什么"公交车太挤、地下车会有强暴女性、消费额五十美金以下的餐馆吃了会坏肚子",统统见鬼去吧!不自由,毋宁死!

在墨西哥的"国家人类学博物馆",三毛诧异地发现了一尊把自己吊在一棵树上的"自杀神"。世上哪一种宗教都不允许人自杀,只有在墨西哥发现了这个书上都不提起的小神,这种宗教给人类最大的尊重和意志自由,真是非常有趣而别有意义。

在"爪达路沛大教堂"外,三毛看到一对夫妇,像木像一般跪在教堂外面,面对着里面的圣母,丈夫的手一直搭在太太的肩上,太太的一只手绕着先生的腰,一直跪了十几分钟一动不动。三毛的眼睛瞬间湿润了。圣母啊!但愿你还我失去的那一半,教我们终生跪在你的面前,直到化成一双石像,也是幸福的吧!

洪都拉斯,被三毛称为"青鸟不到的地方"。这个国家生活的艰难和挣扎,从下飞机的那一刻便看了个清清楚楚。因为考虑到节约《联合报》的经费,三毛和米夏没有选择洪都拉斯首府仅有的那四五家世界连锁性大旅馆,而是住进了十元美金一个房间的当地旅馆。结果,抵达的当晚,三毛喝了旅馆里的自来水,就得了肠炎,昏天黑地地腹泻了两天两夜,喝了一大壶热水和人参茶,才好不容易缓过劲儿来。

洪都拉斯,在西班牙语中是"深"的意思。"青鸟",指的是满街跑的一种漆成纯白色加红杠的大巴士,起了个童话故事中的名字:"青鸟"。三毛要去的小城和村落,这些大巴士是不去的。每次长途总车站的人都会告诉三毛:"不,你要去的地方是青鸟不到的地方。"

肮脏的城市、昂贵的菜价、粗糙的食物、永远没有热水的旅馆,这个充满哀愁的国家,才进入十多天,这份忧伤已经深深感染到了三毛的情绪。走在"得拉"狭窄的海滩上,三毛的心理一直想着墨西哥的那位"自杀神",可以没有任何释放自己的其他办法,只好跑回旅馆,在冰冷的水龙头下,将自己冲了个透湿透湿。

哥斯达黎加号称"中美洲的瑞士",首都圣荷西的大巴士和洪都拉斯一样,取名叫"青鸟",三毛很容易就上了一辆。躲在圣荷西的旅馆里,三毛闭门不出抓紧写作,直到离预定离开哥斯达黎加的前三天,才去了住在哥国的好友妹妹陈碧瑶和她的先生徐寰的家,见到了一些同是中国人的"农夫",在哥斯达黎加的广袤土地上辛勤耕耘,认真经营着一份快乐和富足。

在满布中国饭店的圣荷西,三毛遇见了一位来自宁波的翁先生,谈起来分外亲切。那晚,翁先生特意要了一份"清蒸鱼"给三毛品尝,这份同胞情谊,到世界各地都一样。中国人对中国人,从不肯在食物上委屈对方。异国他乡偶遇，何不是一种缘分呢？

　　第四站是巴拿马。在那里，三毛去看望了二姨家的女儿——美妮表妹一家。在这一站，三毛感受到了浓浓的亲情，一连三天，无论是出行还是饮食，都被妹妹一家悉心关照着。还有一群同样可亲可爱的中国同胞的看望，令她离开的脚步竟显得如此沉重，因为，她带走的，是沉甸甸的爱的负荷。

　　哥伦比亚在三毛的眼里，是一个不按常理出牌的国家：随处发生的抢劫、暴利的旅馆和计程车、拿了钱不承认不给商品的小贩、随时搜身的警察、高昂的出境机场税、博各答机场工作人员粗暴划割旅客行李箱摸走旅客携带的物品……几乎所有的经历都印证了参考书对这个国家的评价——"强盗国家"。

　　唯一值得记录的，是哥伦比亚的"黄金博物馆"以及一座白色教堂。"黄金博物馆"中收藏了将近一万几千多件纯金的艺术品，在聚光灯和深色绒布的衬托下，发出高贵、神秘、美丽的光芒。那座白色教堂石阶两边的墙上挂满了木制拐杖，都是来此处祈求，得了神迹治疗，从此放掉拐杖而能行走的病人拿来挂着做见证的。看到满墙的拐杖和受难耶稣旁边蜡烛做的小人这些令人压迫的场景，三毛本来内心是有些不舒服要离开的，但是她一想到自己行走不方便的朋友张拓芜和杏林子，已经患有眼疾的欧阳子，仍然回到教堂，虔诚地为他们祈祷，并专门求了几个十字架带回去给朋友们。

　　因为三毛一贯坚持走乡村路线，一次深入的误打误撞，使得她在厄瓜多尔看到了梦寐以求的"心湖"，一片名叫"哈娃哥恰"的带有传奇色彩的湖水，并在那里认得了一个叫"吉尔"的印第安女人。她把米夏赶走，独自一人留在那个偏僻的小村庄里，和吉尔一家住在一起。在"哈娃哥恰"身旁，三毛再一次感到了浓得化不开的乡愁。月光下的那片平静之水，发着银子似的闪光。但愿永不回到世界上去，旅程便在"心湖"之滨做个了断，那个叫"三毛"的人，从此消失吧！那些可爱的印第安族人和"心湖"，那片青草连天的乐园，一生只能进来一次，然后永远等待来世，今生是不再回来了。

旅程到上一站厄瓜多尔，已经是1982年之初了。再往下走，便是秘鲁。在厄瓜多尔，三毛已经饱尝"索诺奇"——高原反应的折磨，在秘鲁的印加古城古斯各，强烈的"索诺奇"令三毛死去活来，连古柯茶也丝毫不起作用。而粗心的助手米夏竟然把病得厉害的三毛一个人丢在三块半美金一个铺位，男女混住的旅社里不知去向。三毛迷迷糊糊挣扎起来，在"武器广场"边找了一家四十块美金一天的四星饭店，什么话都没说睡了过去。

第二天早晨，三毛的高原反应消了。在广场的长椅上，她遇见了一个刚下飞机，同样被"索诺奇"折磨得痛苦不堪的荷兰空姐安妮，便热心地邀她同住，帮她买药。而那个女孩竟也那样放心地把自己暗藏的钱款和证件交给三毛支配。她们两个人之间相当投缘，性情爱好有太多相似的地方，譬如都喜欢去教堂望弥撒，不约而同买同样的古董别针，都喜欢美国缅因州那个寒冷寂寞荒凉的地方。三毛两次碰见安妮背地里恸哭，直到她必然有压抑着的极大痛苦，却因为守礼，没法问及一个字，直到一天早晨安妮乘机离开，给她留下了一张字条：

"虽然我连你的姓都忘了问，但是对于我们这种坚信永生的人，前几世必然已经认识过，而以后再来的生命，相逢与否，便不可知了。我走了，不留地址给你。我的黑眼珠的好朋友，要是在下一度的生命里，再看见一对这样的眼睛，我必知道，那是你——永远的你。"

是啊，世上的欢乐幸福，总结起来只有几种，而千行的眼泪，却有千种不同的疼痛，那打不开的泪结，只有交给时间去解。何必苦苦相问？有些缘分是天注定，即使不问姓名，你我早已心意相通。彼此间的愁与苦，彼此内心都已了然。各人的身世和遭遇，只有自己努力尝试慢慢消解，曾经的创伤，也只有待时间来慢慢淡化，任何人都帮不了。

除了安妮这份巧遇，在秘鲁，三毛还经历了一次灵魂洗礼——

场为她一个人进行的表演。在雨中的广场上,三毛付了九美金买了三张演出票——从那个谦卑的、被广场上的游客拒绝了几十次的印第安男人手中。虽然仍然受着"索诺奇"的折磨,但是想到自己还欠着那个男人一千秘鲁币,三毛和米夏仍旧按时前往。

偌大的一个能容纳近二百人的剧场,只有三毛和米夏两个观众。可是,所有的演员都全力演出,三毛也报以热烈的掌声和欢呼,哪怕这孤单的掌声和欢呼声将大厅回响得更加寒冷空洞而悲伤。演员们还把三毛拉上台,和她们一起跳舞,最后大家一起握手告别。

将要离去的时候,忽然,报幕员突然又跑出来报幕,说,他们的团长,要加一场独奏,是他自己谱的一组曲子,还没有定标题,献给早晨雨中广场上遇到的一位女士。

三毛的心狂跳起来——他要为她一个人演奏!空旷的舞台中央,那个身体宽矮的印第安男人站在灯光下,闭上眼睛,像一个真正的君王,静静地吹起"给诺"(一种印第安特有的七孔芦笛)。音乐声中,一个神秘的音乐灵魂,低沉缓慢地狂流而出。一只简单的笛子,表露了全部的情感和才华,是个人一生知音未得的尽情倾诉,而他,竟将这份情怀,送给了一个广场上的陌生人。不死的凤凰啊,你怎么藏在这儿呢?那个变卖了全部田产,一心只想吹笛子给人听的艺术家,一个妻子孩子都快要饿死了的男人,每日里拎着演出票一个一个去兜售演出票,只为实现自己的艺术梦想,这是怎样的一份坚持?而一个人的一生,又有几次相知相会,可以有这样一场,生死相付的演出?

在秘鲁的古斯各被大雨阻隔了十七八日,终于,三毛买到了去"失落的印加城市"玛丘毕丘的火车票。那座废城,1911年被美国人希兰姆·宾汉发现,被发现时,全城居民一个也不存在,神秘莫测,当地人都说此城有鬼。盘腿坐在一块大石头上,"阿木伊——阿木伊——"三毛开始呼唤另一度空间的神灵。有东西来了,围在三毛身边,背后一阵凉意。直到跑着离开这座迷城,背后仍有一阵麻冷追着不放。"不要悲伤,再见了!"又静了一会儿,那些"灵魂"才散去,肩上也不再冷了。

游完玛丘毕丘，预感强烈的三毛放弃了下山住小村"热泉"的决定，当即乘火车返回古斯各。回城路上，遭遇到大水，火车被截停在半路的一座小站，水，已经淹没到旅客的膝盖。从公路赶过来接游客的小型巴士，只接了每个旅行社自己的客人，还没坐满就开走了，三毛不顾一切上了一辆车，并且在一位阿根廷旅客的帮助下，让一对老夫妻和带孩子的游客上了车。下车的时候，导游从他们要了一万块秘鲁币。对这种趁火打劫的行径，三毛没有表示愤慨。把一万块交到对方手上的时候，多讲了一句话："钱，不是人生的全部，这些话难道基督没有告诉过你吗？"说完，拖着疲惫的步伐，走去警察局，要求警局派人去小车站接人回来。

玛丘毕丘之行，因为三毛精准的预感，使她和米夏成功脱离了险境。那场大水，失踪600多人，最后只找到38具尸体。滞留车站的200多个旅客，终于都被警方载回了古斯各。那些留在玛丘毕丘的旅客，却是一点消息也没有。

离开秘鲁，热情而友好的玻利维亚（南美的西藏）便迎面扑来。如果说厄瓜多尔亲如家人，秘鲁是一团和气，那么，而今到的玻利维亚则更是显得厚拙。出租车司机、旅馆冲茶水的人对一点微不足道的小费的感激，都带着那份掩饰不住的淳朴善良。

在玻利维亚的拉巴斯，三毛爱上了那条著名的横街——女巫市场，那些巫术嬷嬷们卖石刻的手、脚、动物、种子、毛线、各色奇特的小瓶子，小瓶子里面装着一些吉祥如意象征的配方，代表着金钱、幸福、爱情、健康、平安。三毛每天都去逛逛那些小摊子，顺便买下一些喜爱的小东西，就像买下了一个人平生所有的愿望，觉得赚钱的不是那些巫术嬷嬷，赚了的，是自己。

在玻利维亚的十八天里，三毛逛了又逛拉巴斯充满神秘色彩的女巫市场，看过了欧鲁鲁的魔鬼舞，吃了36个好吃的"沙哆娘"（一种本地风味的烤饺子），被嘉年华会上的人们泼水淋了个透湿，吃了好些个"水弹"，并且在离去的前两天，得到了中国同胞的热情款待，对这个和平的国度充满了热爱。她特意给市长先生写了一封信，赞美这个城市，把她比作开在高原青草地上的一朵永远的百合，她的芳香，永远不能忘怀。但愿能再回来，重温一次如此的温馨和爱。

对每一个国家的最初印象，是从下飞机那一刻开始的。智利，机场海关人员的冷淡、出租车驾驶员差点得逞的载着三毛和米夏行李离开的企图、不按约定价格收费的无耻行为，都让三毛感到很不舒服。加上三毛血压过低，一路上剧烈地晕车、晕机，甚至在电梯上下中也会昏厥，口腔也发炎灌脓了，所以，她决定一周以后就离开这个令人讨厌的地方。

决定要离开了，谁想到，一个黄昏，三毛在街上正走着，背后突然有人用中文追着喊："三毛，三毛！"细问下，才知道是三毛马德里女友王铠珠的哥哥。这一喊不要紧，离开智利的最后两天，三毛被浓浓的同胞情谊紧紧包裹起来，台湾驻智利贸易中心的代表林先生和夫人黄女士、台湾"奥运会主席"沈先生、新闻局的曾先生全家、李先生、魏先生夫妇、王先生、钱先生，都是一群性情相近，极谈得来的长辈和朋友。对于他们的热情款待，本来痛恨麻烦别人的三毛，最终还是感谢并接受了。她想，这份情感的债，永远根植在心中，等有机会再报答在另一个同胞身上吧！

阿根廷是长达四个半月的中南美旅程的最后一站。就在这一站，三毛再次邂逅了一段浪漫奇缘。

那是一个叫"恬睡牧场"的地方，因为私人没有门路而必须参加旅行团一日游的三毛，没有参加其他团员的葡萄酒会和观赏演出，穿着工装裤梳着小辫子的她骑上了一匹骏马，在草原上小跑。牧场里一个"高裘"（"没有父亲的孩子"的意思，源于16世纪牛仔生活的习俗。高裘没有家庭，没有固定的女人，到处留情的结果，产生了一群没有父亲的孩子。），也就是牧场的主人贾莫拉先生看上了三毛，他追逐她骑的马匹，两人合骑一匹马在草原上飞驰。在耳畔两侧的风中，他大声问她爱不爱他，她也大喊着回答："不爱——"

恬睡牧场，你是你，我是我，两不相涉。除非坠马，从此躺在这片土地上，不然，便不要来弄乱我一颗平静的心吧！牧场的主人啊，你如何能够在芸芸众生之中一眼就选中了我呢？你怎样看出我与众生的不同呢？虽然你慧眼独具看中了我，我也明白你不肯轻易被撩拨的情意，但是，这样的一见如故真的太疯狂啊！我爱的是这种生活和环境，而不是你啊！我不责怪你，也不留下我的名字，就让这场相见，如骑在马背上疾驰耳畔的狂风，呼啸而过吧！忘记我这个黑眼睛黄皮肤的中国女孩，忘记这一场一见倾情的相见，还会有下一段突如其来的爱在下一场旅行时等着你。一定会的！

千山万水，万水千山，三毛的身体已经被拖到极度的疲惫。此趟旅程，她最想看的，不外乎两处：秘鲁的玛丘毕丘和南面沙漠中纳斯加人留下的巨大鸟形和动物的图案。玛丘毕丘看过了，纳斯加，虽然这一站500公里三毛坚持着坐了几小时公车赶去，但由于在秘鲁全境已经有近60小时的公车之旅，抵达时却病得再也没有气力上飞机，于是米夏一个人登上了飞跃纳斯加之线的飞机。盼了那么久，跑了那远的路，依照三毛的性格，如若不是病到无法动弹，是一定不会就此罢手的。但是她实在太累了，再上飞机，恐怕是命都要送掉的。所以，神秘的纳斯加之线，就留作一份遗憾吧！那神秘的布满几何图形的沙漠，那翅膀超过一百公尺的巨鸟，那些巨大的猴子、鸟、鱼、蛇、鲸鱼、蜘蛛、狗、树图形，就让我在相片中好好欣赏你们，把你们留在我梦中吧！

流浪，就像堂吉诃德和随从桑丘，一路骑马仗剑游历千万里。那一路的欢笑、泪水、心酸、病痛、中国同胞的深情厚谊，全都融化成一段段字句，融进《万水千山走遍》，让白纸黑字去一一见证。所有的怀念和不舍，都消融在字里行间，只等时间去一一化解。再见，中南美！再见，安第斯高原！再见，敦厚淳朴的印第安人！再见，中南美洲土地上我那可亲可爱的中国同胞！

第六卷 红尘滚滚
Chapter · 06

"起初不经意的你,和少年不经世的我,红尘中的情缘,只因那生命匆匆不语的胶着。想是人世间的错,或前世流传的因果,终生的所有也不惜获取刹那阴阳的交流。来易来去难去,数十载的人世游,分易分聚难聚,爱与恨的千古愁。本应属于你的心,它依然护紧我胸口,为只为那尘世转变的面孔后的翻云覆雨手。来易来去难去,数十载的人世游,分易分聚难聚,爱与恨的千古愁。于是不愿走的你,要告别已不见的我,至今世间仍有隐约的耳语跟随我俩的传说,滚滚红尘里有隐约的耳语跟随我俩的传说。"

——罗大佑《滚滚红尘》

第一章
辗转——在喧哗与清冷之间

三毛一直都相信生命轮回说，她总认为自己是印第安人转世而来的，为此还给自己杜撰了一个"哈娃"的前世传说故事。三毛的皮肤在撒哈拉沙漠给日光晒成了健康的棕色，又总爱扎一对麻花粗辫子，所以一路旅行，总有人问她是不是印第安人。三毛很喜欢这个称呼，并对她的前世转世说深信不疑。中南美之行，墨西哥、洪都拉斯、哥斯达黎加、巴拿马、哥伦比亚、厄瓜多尔、秘鲁、玻利维亚、智利、阿根廷，以及后来的乌拉圭、巴西，她一次次深入到印第安人的领地，与他们近距离接触，圆了她一生的印第安梦想。

虽然，三毛勇敢地舍弃一切远走他乡云游四海，却永远走不出心灵的孤寂和执拗。童年的自闭、失恋的打击、死亡的追随、病痛的折磨、世人的诟病，已经牢牢盘亘在她的心底，侵蚀她的肉体，断不能轻轻拂去。在那些魂牵梦系的美丽风景里，她一次次与荷西在梦里相会。有时候从梦中醒来，手掌还是湿湿的，仿佛荷西刚从水下浮起来握过她的手，刚刚分别一样。

1982 年 5 月，三毛结束了长达半年的多姿多彩的中南美十二国旅行，回到了台湾，《联合报》为三毛举行"三毛女士中南美纪行演讲会"，并从这次演讲会后开始了主题为"远方的故事"的台湾环岛演讲。每到一处，前往参加演讲会的听众必然将会场挤得水泄不通，人山人海，盛况空前。台北的首次演讲，三毛本人竟然被人流阻在门外，在工作人员的帮助下，才好不容易左冲右突地挤进会场。那时的三毛在台湾大红大紫，所到之处，台湾民众皆能认出且友善而热情地打招呼，其受欢迎的程度可想而知。

从南美洲归来，三毛母校文化学院的校长张其昀先生多次极力邀请她到校任教。二十年前，是他慧眼识珠，成全了三毛的"向学之志"，那么，应承下来去文化学院任教，也该是一份倾心回报吧？三毛喜欢当老师，多次把教师比作农夫。她曾经说过："教学，是一件有耕耘、有收获、又有大快乐的事情。"

赶在九月份开学之前，三毛又飞往大加纳利岛作了一次短暂的夏季旅行，悉心照料好荷西的墓。回台途中，她绕道西班牙邦费拉达城的德尔·席，探望曾经在自己撒哈拉沙漠的婚礼上签字的证人，老友夏依米和他的妻子巴洛玛。这个家庭因为失业早已穷困潦倒，巴洛玛的眼睛也瞎了，双腿麻痹。三毛在乡下一直住了十来天，给这个穷愁潦倒的家庭带来了难得的欢乐和希望。临走，三毛悄悄塞给夏依米一个支票信封，再次洒泪返回台北的滚滚红尘中去了。

第二章
授业——付出，呕心沥血

1982年9月，三毛登上了文化学院的讲台，在中国文学系文艺创作组教授小说创作、散文习作两门课。她的正式学生有153人，加上旁听的，一共超过二百名学生，小小的教室人满为患，就像"一颗颗软糖装在大肚小颈的瓶子里溢了出来"。虽然三毛倾向于导师制，能够一对一辅导5至10名学生，但是面对一双双渴望求知的眼睛，她还是愉快接受了。

三毛答应张其昀先生只教一年的课程。但就是这一年，她以最大的热忱，呕心沥血教授学生，"差不多四小时课，总要看十五本书"，就是这样认真负责，这样全心投入。每节课后，三毛都感到筋疲力尽近乎虚脱的累，晚上还要批改一大沓学生的作业。她批改作业不是简单画个圈圈了事，而是书写详尽的长评语。一个叫宋平的学生批改卷上，学生作业写了二千四百多字，三毛竟在上面圈点评论了二千三百多字。这样的鞠躬尽瘁，怎不令人动容！

面对眼前这一群知识的探索者，三毛感到了从未有过的责任和使命，她一点也不敢轻心，不敢大意，不敢错用一个语句和观念。她循循善诱，从给老师端茶水开始，教育学生尊敬师长；从不在课堂上讲一句重话，怕伤害孩子敏感自卑的心；她给低等的孩子一个手臂，拉他们一把，成为中等；激励中等的孩子进一步，成为优等。

虽然，三毛尽心尽力为着自己肩上的教育重担而辛苦忙碌，但慕名而来的人们总是不管不顾她的那份倾力付出。三毛本当交给教育的热忱、精力和本分，在一次又一次没有意义的相聚里耗失。一天24小时的宝贵光阴，总会被永远无休止的电话铃声分割成一块块碎片。电话铃吵得母亲几乎精神崩溃，吵得三毛不敢回家，总以为是自己失去了礼貌和不通人情。

在《野火烧不尽》一文中，三毛痛陈了自己对无止尽应酬的无奈之情，她不得不用近乎严厉的语句，请求一份了解、认同和生活方式、时间控制的改变："这个社会，请求你，给我一份自己选择的权利，请求你，不要为着自己的一点蝇头小利而处处麻烦人，不要轻视教育工作者必须的安静和努力，不要常常座谈，但求自己进修。不要因为你们视作当然的生活方式和来往，摧毁了一个真正愿意为中国青少年付出心血的灵魂。请求自己，不要在一年满了的时候，被太多方式不合适于我的关心再度迫出国门，自我放逐。请求你，不要我为了人情包袱的巨大压力，常常潇潇夜雨，而不敢取舍。不要我变成泥菩萨，自身难保。请支持我，为中国教育，再燃烧一次，请求你，改变对待我的方式，写信来鼓励的时候，不要强迫我回信，不要转托人情来请我吃饭，不要单个的来数说你个人的伤感要求支持，更不能要求我替你去布置房间。你丢你捡，不是你丢叫我去捡；你管你自己，如同我管理我自己吧！"

"谁爱国家？是你还是我？当我，为中国燃烧的时候，你，为什么来扰乱？你真爱我吗？你真爱中国的希望吗？问问自己！"

从这文字的控诉中，可以看出三毛为着所爱的教育事业不惜得罪人的大决心。在一场又一场永无宁日的应酬和勉强里，她被迫讲出了心里的话，被迫出了不屈服的决心，也更看清楚了，自己的付出，在哪一个方向才真有意义。

第三章
失忆——透支生命的代价

"请不要当我是一条游龙,我只是一个有血有肉,身体又不算太强的平凡人,我实在是太累了。"

——三毛《不觉碧山暮 但闻万壑松》

每个周末,三毛必做的功课,就是坐车去外县讲演。一只咖啡色真皮的、被唤作"小猪"的行李袋,总是跟在三毛身边走南闯北。

那些讲演往往一站就是两个多小时,讲完了,人也汗透全身、精疲力竭。而这些讲演是三毛平均一天睡眠四个小时之外的另一份工作,也是因为极度的劳累而常常哭着抗拒的人生角色。但是,尽管内心激烈地抗拒着,她却一次又一次向亲情、友情投降,做了别人的俘虏,一次又一次马不停蹄地来回奔波操劳,还常常因为不能满足身边所有人提出的要求而感到沮丧。

这样的忙碌下来,三毛可以自行支配的时间和精力便少得可怜。学校的课程、两百个莘莘学子、无数场必须要应付的事情、一大堆来信要拆要回、每个月皇冠的稿件,加上几十场早就预定的外县市的座谈会,甚至某一个星期内竟然安排有三班的课、四场讲演、三个访问、两次吃饭和两百封来信。三毛做梦都梦见五马分尸,累得叫不出来,肢体零散了还听见自己的咳声。在极度劳累的情形下,一个狂风大雨的夜晚,三毛开着心爱的"白马"带家人去参加"学生钢琴发表会"。因为不熟悉地形,结果连人带车滑进池塘。幸亏同去的小侄女及时发现,被弟弟救了上来。在摄氏六度的冬夜里,三毛尽管浑身湿透,冻得冰凉,仍然等拖吊车来救自己的"爱马"。

等到第二年六月底的时候,讲演已经整整一百场。回台湾已经九个月了,三毛计划推出三本书——《倾城》、《谈心》和《随想》。接着又接受了丁青松神父新书《墨西哥之旅》改成《刹那时光》的十二万字的英文翻译稿。出四本书的同时,又与滚石唱片公司签了合同,承诺要写一整张唱片的歌词。还是在同时,三毛爱上了一幢楼中楼的公寓,买下来以后,又有一个百事待举的新家要费心装修、添置家具。这还不包括每天回那么多封信,以及响个不停的电话和饭局。

虽然三毛的心怀意志充满了创造的喜悦与狂爱,可是生活也成了一根绷了快要断掉的弦。就在这水深火热的日子里,三毛的挚友杨淑惠得了脑癌住进台大医院,三毛开始总往医院跑。没过十天,母亲也发现了乳癌,住进了荣民总医院。两个挚爱的人先后开刀,三毛心力交瘁,无形的压力像一座大山朝她无情地压下来,令她在工作和医院中两头都不得释放。

或许是心里再也没有空白,三毛舍弃了每天只有四小时的睡眠,开始翻出张爱玲所有的书籍,反反复复,反反复复地阅读——只有这件事情,才使她松弛,使她激赏,使她忘了白日所有的负担和责任。

就这样,三毛过了近三个月完全没有睡眠的日子,安眠药从一颗、三颗、七颗一直涨到了十颗,仍不管用。她开始极怕声音,没有任何理由控制不住地哭,几次开车差点出事。于是停止了开车,也放弃了阅读,可是,承诺过的工作还不能丢下,绞尽脑汁做文稿、写歌词。可是,书出不来、歌词出不来、家没有修好、淑惠正在死亡边缘挣扎、妈妈割掉了部分的身体……

就在透支生命的焦灼中,三毛逐渐开始了短暂性失忆。常常在外面忘记自己的家在哪里,有一次,还是邻居把她领回了家门。她常常在夜里给好友打电话托他们办事情，第二天又完全不记得。这样的记忆短路一直持续了近一个半月，有时好，有时坏，在这样的情形下，居然还有些歌词写出来能定稿。

终于是熬不住了，1984 年初，三毛也住进了医院。治疗她病症的，是脑神经内科的李刚大夫。住了 17 天医院，一出院，立即到美国短期疗养六周，后来又去做了一次手术。同年，由于健康原因，她不得不辞去教职，停止了辛劳耕耘。

第四章
惘然——难以为继的爱

三毛和荷西1973年结婚,荷西走是在1979年。孀居多年,三毛的身边从来不乏追求者。也曾有不少人向三毛求婚,但终究还是无缘,甚至还曾遭遇骗婚勒索。

一位有妇之夫曾向三毛求爱,三毛明确拒绝了他。三毛说:"在我的道德观念里,一个已婚男人即使对我再好,我也绝不会动心。"西班牙一位广告师也曾向三毛求婚,三毛对他也颇有好感。但因为广告师的职业使他接触到各种姿态的美丽模特儿,这令三毛非常担忧。她坦诚地告诉他:"如果我们结了婚,我是不能忍受生活在时时失去你的恐惧当中的。"对于爱情,三毛是理智而现实的。还有西班牙国际银行的一位经理,三毛大加纳利岛的房子卖掉回台湾前,曾找这位经理帮忙处理卖房款事宜。那位经理曾经在荷西去世四年后,请求三毛给他七天时间一起外出度假。三毛对他的真情十分感动,但是她和他约定,十年之后,也就是1993年,在夏天的瑞士,把那枚镶着小钻石的戒指还给他就永别。

在西班牙马德里中心大街的一个路边咖啡馆,三毛再次遇到了缘分。那是一个好看的大胡子希腊男人,在和他的攀谈中,三毛知道了他家住雅典,在大学教了十年书,在美国攻读博士,再过一年可以拿到物理学位。他一生想做作家,出过一本儿童书籍却没有结过婚,最想去的是撒哈拉沙漠里的尼日国。和三毛的父亲和弟弟一样,希腊男人的父母均从事律师职业,父亲已经过世,母亲还在雅典执业。这次,他就是由美国回去看望母亲的。

在交谈的过程中，三毛发现她和希腊男士有很多惊人的相似之处，共同的话题很多，爱好也差不多，从苏格拉底到星座光年，从《北非谍影》讲到《印度之旅》，从沙达特的被刺讲到中国近代史，从《易经》讲到电脑，最后跌进文学的漩涡里去，三毛第一次，有了棋逢对手的惊异和愉悦，还有一份舒适的悠然。眼前这个男人，谈吐中显露出一种深沉而善良的气质，就像有一种光芒，是那种即使在白天也挡不住的光辉，三毛竟有些舍不得就此离去了。

单独旅行了那么久，什么样的人都见过。和那些匆匆而过的过客不同，刚才在咖啡座遇见的男人不一样，他的身上多了一些东西，在灵魂里，多了一份其他人没有的真和诚。这一点，三毛很自信自己不会看走眼。

第二天，三毛乘火车去了塞哥维亚。就在塞哥维亚罗马人高高的运水道石阶上，鬼使神差的，又遇见了昨日在咖啡馆遇见的那个希腊男人。这一次，他们没有逃避，彼此交换了姓名：亚兰和Echo。亚兰跑去买饮料和三明治，三毛坐在台阶上遐想，总觉得这一霎间，在全西班牙的大荒原里，只有亚兰是最亲的人，虽然，他不过是一个昨日才碰见的陌生人。那么，这种心情，是跟他的大胡子有关系吧？跟他的温暖的眼神有关系吧？跟自己的潜意识有关系吧？跟他长得像一个逝去的人有关系吧？

那天，三毛和亚兰一同乘火车回马德里，过斑马线的时候，亚兰拉住了三毛的手，三毛没有马上抽开，心里却想哭。到第二天下午五点半约定的见面时间，三毛那么多年竟然第一次情怯，为了穿哪件衣服见亚兰而犹豫不决。两个人在晚餐前一起去看了一场电影《远离非洲》，散场的时候，亚兰的手轻轻搭在了三毛的肩上，那一霎间，三毛突然泪眼蒙眬。

两个人的散步突然被一家中国饭店里的同胞打断了，同胞无意中脱口而出三毛的丈夫荷西出意外的新闻。三毛看到亚兰眼里传递过痛楚的眼神,包含着温柔、了解、同情、关怀,还有爱,那么复杂地,在她眼前一同呈现。

走到西比留斯的广场边,三毛在露天咖啡座坐下来喝牛奶缓解胃痛。亚兰盯住她的眼睛,递给她一块透明的深蓝石头,是他逝去的父亲交给他的护身符,他希望三毛替他保管这块蓝宝石,让宝石保护她远离邪恶,直到再次相见的那一天。

三毛弱弱地抗议:"才三天,见面三次。"

"傻孩子,时光不是这样算的。"亚兰的手指轻轻按住三毛的嘴唇,有些苦涩地微笑了一下。

"那我收了,会当心,永远不给它掉。"三毛说。

"等你再见到我的时候,你可以还给我,而后,让我来守护你好不好?"

三毛哽咽着扑进亚兰怀里。她知道的,苍天不肯成全。而下一次再见,又如何能知道究竟在何时?在她扑向他怀中的那一刻,的确对他付出了霎那间的真诚。三天、三年、三十年,又有什么分别呢?

流光溢彩的马德里之夜啊,霓虹灯兀自照着一切有爱与无爱的人。那些睡着了的人,在梦中,到底是哭着还是笑着的呢?曾经沧海难为水,荷西的灵魂在天上看着我呢!我怎么能够接受你的爱!实在是难以为继啊!那么,就逃开吧。留下你的联系地址和电话,却不去打,不去找。就让今夜的相逢和相拥,当做彼此间永恒的纪念吧!

第五章
了结——再见加纳利,再见荷西

1985年,三毛从美国归来,住在父母家中。她谢绝了一切外交事务,拒绝与人交往,就像一个"纸人",不分昼夜地开始创作。母亲心疼她的身体,三毛却嫌住家还是吵闹,便搬了出去,一个人独居。每天,母亲做好了饭菜端过来,无论怎么敲门,三毛都不开门。母亲只好把饭菜放在门外。有时候,两三天过去了,那些饭盒才还在那里,动都没动。

就在这年,三毛计划中的《倾城》《谈心》《随想》如约完工,还翻译了丁青松神父的三部著作《兰屿之歌》、《清泉故事》和《刹那时光》。与滚石唱片签约的歌词,曾被全部打回重写,三毛并不气馁,全部推倒重来,直到歌词全部通过。她就像一部上了发条的写作机器,玩命地工作、工作。虽然成果颇丰,但是,因为当"纸人"对健康造成的恶果,只有三毛自己知道。可是,比起失落的灵魂,身体又有什么重要呢?

经过这番苦撑,三毛再次病倒,一度丧失记忆,精神错乱。这年冬天,三毛终于不再苦撑,停下手中的笔,飞赴美国西雅图疗养。次年5月结束疗养回到台湾。考虑到身体健康原因,在处理完加纳利岛的房产等事宜后,十月份正式回到台北定居。这一年,三毛被台湾多份报刊评为最受读者喜爱的作家。

1986年夏,三毛再次飞回大加纳利岛。不是逃离红尘俗世回到海边的家定居，而是向这个见证了幸福也见证了痛苦的岛屿彻底告别。

她在报上刊登了吉屋出售的讯息，抵达岛上的第三天，就干干脆脆以比当初买房时的一半还低的价格卖给了她自以为很投缘的一对看上去朴实亲切又正正派派的夫妇。很奇怪的是，曾经纠缠来又纠缠去的心，在卖掉房屋之后，突然舒畅得如同微风吹过的秋天。

接下来的一个半月，三毛着手整理家里的琐碎杂物，将那些曾经心爱的宝贝逐一送给岛上的邻居和朋友们。维纳斯石像、古董黑铁箱、手提录音机、双人粗棉吊床、一套老式瓷器、一块撒哈拉大挂毡、鞋子送给了邻居甘蒂一家，荷西的摩托车、潜水用具送给了木匠拉蒙，中文书全都送给了中国妹妹南施，西班牙文书籍和一些小瓶小碗加上许许多多荷西自己做框的图画送给了女友法蒂玛，尼日利亚大木琴和三个半人高的达荷美羊皮鼓送给了克里斯多巴夫妇，九大包衣物和电熨斗、熨衣架、一堆旧锅子送给了曾经帮忙打扫的妇人露西亚，铜船灯、罗盘、船模、大块沙漠玫瑰石、荷西潜水训练班的铜浮雕送给了在撒哈拉沙漠时的好朋友卡美洛兄弟，所有的彩陶瓶子和一条沙漠挂毡委托尼哥拉斯送给将要结婚的瑞士弟弟达尼埃，心爱的"白马"送给了班琪，脚踏车送给了送电报的彼得洛的大儿子，全部古典录音带送给了23号的瑞典邻居，一条手织黑色大披风，送给了对门的英国老太太。除了少数照片、文件和小件的两三样物品，三毛开车去海边最大的垃圾箱，丢弃了16个纸盒子，里面都是信件。

终于要离开了。那个白房子，将不再属于自己。三毛开始了疯狂的大扫除，擦完地板擦玻璃，打开每一个抽屉，把那些刀叉和汤匙用干绒布将它们擦得雪亮，再把它们排成军队阅兵时那么整齐。一切的中国药品，一件一件放进信封，封套上细细写明治什么病如何用法。那些各式各样的酒杯，再被冲洗一次，拿块毛巾照着灯光将它们擦到透明得一如水晶，再轻轻放下，不留一个指纹在上面。所有的食谱和西班牙文食物做方，排列得整整齐齐，靠在厨房书架上面。炉子本身是干干净净的,还是拿了一支牙刷,沾上去污粉,在出火口的地方用力去擦。除烟机的网罩并没有什么油渍,仍然拆下来再洗一次。冰箱的后面、炉子下面、窗帘,可能的卫生死角都不放过。把沙发每一个靠垫拍松、柜子里所有的床单、毛巾、毛毡、桌布拿出来一一折过,每一块都折成豆腐干一样整齐,一排一排的衣服架,也摆成钩子方向一致的样子。客厅,买了一大盆西班牙文俗称"钱"的吊形植物,卧室也放了一些小盆景。整个屋子便都有了说不出的生命力和清新的美,改变空房子的孤寂。

最后一晚在家中,三毛没有睡床。她躺在沙发上,把这半辈子的人生,如同电影一样在脑海中放给自己看。才放一遍,天已亮了。给花园和几棵大树洒了水,给新房主丢下一张温馨的问候卡片,捡起一片相思树叶,三毛咬咬牙离开了——再不舍,也要舍得。一个箱子,一个背包,一个手提袋,这就是她全部的行李了。带来了许多的爱,留下了许多的爱,人生,总还是公平的。

家、人、宝贝、车、钱,还有今生对这片大海的爱,全都彻彻底底留下了。就算死了一场也罢。这场死,安静得那么美好,算是个好收场了。如果时光不能倒流,那么,就让一切随风而去吧!

再见,加纳利!再见,荷西!爹爹姆妈,两个白发老人在等我归来,与这个日思夜想、日日担心的女儿共同分享家人相聚的天伦。人生,就像一列疾驰的火车,只要还有一口呼吸,就必须得朝前方驶去,不能回头,也回不了头。下一站,永远是个未知数。荷西,你是在加纳利这一站下车了。你等着我,当火车再次停靠,把我放下,我会回来找你,和你永远地,永远地在一起。

第六章
寻根——"三毛"和"小沙女"的乡愁

1987年,台湾当局宣布准许部分台湾居民回祖国大陆探亲,这个好消息就像插上了翅膀传遍城市乡村,整个宝岛都为之欢腾。那些当年因为种种原因背井离乡几十载的老人们,听到这个消息,真是悲喜交加,心里头有一种说不出的滋味。从一头青丝到满头华发,从青春年少到年华垂暮,谁不盼着叶落归根?台湾,虽说是座宝岛,但是大陆才是中华儿女的根啊!

1988年,一封从大陆漂洋过海来的信,击中了三毛一家内心最柔软的那部分,信是从浙江舟山寄来的,写信的人,是当年父亲的同事——倪竹喜先生。三毛第一个接到信,还没来得及向爹爹姆妈报告,就兴冲冲地叫起来:"我要回去了!我要回去了!"

此次回乡,三毛有两项重大任务:一个是回浙江老家寻根,一个就是寻找"三毛"的爸爸张乐平。她委托在《长沙日报》工作的外甥女袁志群交给张乐平老先生一封信,信中这样写道:"乐平先生:我切望这封信能够平安转达到您的手中。在我三岁的时候,我看了今生第一本书,就是您的大作《三毛流浪记》。后来等到我长大了,也开始写书,就以'三毛'为笔名,作为您创造的那个三毛的纪念。在我的生命中,是您的书,使得我今生今世成了一个爱看小人物故事的人,谢谢您给了我一个丰富的童年……"

彼时,张乐平老先生已经罹患帕金森症住进上海东海医院治疗。

三毛亲切地称张乐平老先生作"爸爸",称自己是张乐平先生"另一个货真价实的女儿"。对晚年生活突然收了这样一个女儿,张乐平老先生既十分意外,又感到十分快乐。因为帕金森症导致的手抖无法写信,干脆就口述,由三毛的外甥女笔录,给三毛回了一封信,还附了一张最近的"三毛"漫画肖像送给三毛。从这以后,张乐平就开始了和三毛的书信交流,信中全以父女相称。

1989年,三毛终于替父踏上了回乡寻根之旅。在上海徐家汇五原路,张乐平老先生亲自到家门口迎接三毛,给她准备了浙江定海人爱吃的苔条,还腾出了三儿子曾经住过的房间给三毛住。还没进家门,三毛就一把抱住了张爸爸,哭着喊:"爹爹,我回来了!"就像远行的女儿回到自己家一样。

三毛给张爸爸带来了自己的新作《我的宝贝》,书本的扉页上写着:"这本书为作者亲自带入大陆第一本,十一亿同胞中,仅此一本。"张乐平也回赠了三毛一件她喜爱的卡其中山装。张老先生的子女们对三毛十分热情,带她去逛龙华寺、大观园、周庄,短短三天的相处时间,三毛给大家留下了深刻的印象:多情、乐观、倔强,活脱脱那个笔下的"三毛"。

那时候,三毛回乡的消息已经见报,寻根之旅已经不再是她一个人的事情了。三毛不仅在台湾鼎鼎大名,在大陆也是家喻户晓,实在是太多的身不由己。为了不过分打扰张爸爸一家,三毛搬进了上海同济大学招待所,招待所门口有警卫把守。为了自己的身体健康,她又不得不与热情的大陆读者保持一定距离,免得情感和体力受到过分冲击使自己不胜负荷。离开张爸爸家的时候,老人情真意切地嘱咐她:"世事艰险,你要保重!女儿离开了父母,就靠自己了。"听到这样的话,三毛心头一酸,忍不住热泪长流。

七天后,三毛离开上海,来到苏州。抵达的当天已是黄昏,三毛马不停蹄地赶去了寒山寺,在寺里撞了钟,还以"三毛"的名义留下一幅字交予寒山寺的方丈性空法师。

苏州五日，后经水道乘船，进入浙江境内。三毛在杭州逗留了两日，避开一切记者，一个人和普通市民一起挤公交车。只是因为血压过低，三毛六度昏迷。不得不停止一切安排，专心致志一个目标——回乡。

车子进入宁波，故乡人早已从舟山群岛专程赶来迎接，一路四小时全部绿灯到码头，渡海去舟山群岛。为着自己被迫享用了这份特权，三毛内心深感不安。在舟山群岛鸭蛋山码头，黑压压站满了等候多时的记者和乡亲。三毛拉响了入港的汽笛，那长长的汽笛声，仿佛在喊："回来啦——回来啦——"

一上岸，三毛就在人群里高喊："竹青叔叔，竹青叔叔，你在哪里？"认亲的人一个个围上来，三毛一个一个与他们拥抱，任由幸福的泪水沾湿了乡亲们的肩头。等到倪竹青叔叔出现，三毛忍不住靠在他肩上放声大哭："竹青叔叔，当年我三岁零六个月，你抱过我。现在我们两人白发、夕阳、残生再相见，让我抱住你吧。"说完，又是洒泪痛哭。

从码头离开，一路车队要送三毛去华侨宾馆，三毛却让他们掉头去拜会故乡仅存的一位长辈，阿龙伯母。趁着摄影记者还没跟来，三毛一个箭步奔进老屋，一边喊着："阿龙伯母！平平回来啦！"一边朝着坐在椅子上的堂伯母跪了下去，磕了三个头。

三天后，三毛回到浙江定海市郊外的小沙乡陈家村，祖父出生的老宅。人山人海的乡亲们，给了三毛一个亲切的新名字——"小沙女"。这个"小沙女"恭恭敬敬上香、点烛，三跪九叩首，用闽南风俗祭拜了陈家祠堂，又上山祭拜了祖父的坟茔。坟前，三毛放声高唤："阿——丫——阿——，丫——魂——魄——归——来，平平来看你了。"喊完了又放怀痛哭，像一个承欢膝下的孙儿，将这一路心的劳累、身的苦累，都化作泪水交给亲爱亲爱的祖父。

三毛带走了祖父坟头的一把黄土,又捡了路边的几片落叶和野花装袋。在祖父老宅前,她亲自打上井水,装进一个小瓶子。又拿起玻璃杯装了一杯,不顾井水混浊,一口喝下。回到旅馆,又拿出那罐土,倒了井水,掺了一杯,悄悄喝下,心里告诉自己:"从此不会生病了,走到哪里都不再水土不服。"

两天后,三毛洒泪离开了故乡。离开的那天,天,下起了绵绵细雨,正是"风雨送春归"。乡愁已解,心愿已了,祖宅、祖坟都看了拜了,故乡的水土也饮了,土生土长的乡亲们也看了抱了,是该"死而无憾"了吧?走了,走了。好了,好了。一切都像做了一场梦似的,真实得令人不敢相信。

三毛回台后,第一件事就是交给父亲两件礼物:祖父坟头的一把土,还有陈家老宅井中打出来的一瓶水。她把它们慎慎重重地在深夜里双手捧上递给父亲。也许,她期待的是父亲当场号啕痛哭,可是父亲并没有。三毛等了几秒钟后,突然带着哭腔说:"这可是我今生惟一可以对你们的报答了,别的都谈不上。"说完,她掉头而去,轻轻关上了浴室的门。

三毛冲印了一百多张在大陆拍的照片,一次一次在父亲看报时打断他,向他解释这是在祠堂祭祖,这是在阿爷坟头痛哭,这是定海城里,这又是什么人,三代之内有什么关系……她想与父亲谈谈更多的故乡,但父亲并没有提出太多问题。三毛也苦求姐弟们来看照片,但他们却没有来。三毛没有理解父母亲年事已高,不善夜谈,失落的情绪一直笼罩着她的心,她从家里搬了出去,而且,不但把照片全拿去了自己公寓,又偷走了带给父亲的那把故土和井水。

她经常给张乐平夫妇写信,细心的她每次都特意把字写得很大,为了"使爸爸妈妈看了不伤眼睛"。8月8日是台湾的父亲节,为了向张爸爸说一句父亲节快乐,三毛守住电话48小时,每15秒试拨一次,拨得快休克过去,最后烧掉了线路也没能如愿。因为当时台湾对内地电话线路极少,很难打通。但是,她的这一份心意,却是沉甸甸,不加修饰的。所以,也就不难理解张乐平夫妇得知三毛离世的消息失声痛哭,是如此的痛惜和不舍。

第七章
忘年——流浪女和西部歌王

1990年的一天,三毛和林青霞、秦汉一起喝酒吃饭,夜里回到家,不慎从楼梯上摔下来,折断了肋骨,住进了医院。也是机缘巧合,干脆趁着这个时机,开始了《滚滚红尘》剧本的创作。4月份,三毛不顾身体尚未痊愈,跟随《滚滚红尘》剧组来大陆拍片,顺便游览嘉峪关、敦煌、吐鲁番、乌鲁木齐、天山、喀什、成都、西藏、重庆、武汉、上海。

"亲爱的朋友,我走了。

当我在敦煌莫高窟面对"飞天"的时候,会想念你。谢谢多年来真挚的友情。再见的时候,我将不再是从前的我了。

爱你的朋友三毛

离台之前,三毛写了三五封这样的信件,扔进了邮箱,又附上1990年4月4日拍摄的照片,清楚注明日期,然后走近了候机室。是要告别尘世?还是遁入空门?还是由实走到虚,再由虚进入实?没人知道她写信的用意。或许,这只是一种偶发的心情。虚虚实实,实实虚虚,又何必分得那么清楚呢?

在开往敦煌的巴士上,三毛偶遇一位在莫高窟临摹壁画的青年伟文,两个人之间有很多的默契。在敦煌研究所工作的伟文,帮她打开那些洞穴,跟参观的那些人隔开,让她一个人留在黑暗中静静地呼吸,静静地欣赏。没有光线,只有一只手电筒发出昏黄的光,照出那环绕七佛的飞天、舞乐、天龙八部、胁侍眷属。忽然，壁画仿佛开始流转起来，三毛似乎看到了墙上放映着一组幻灯片——一个穿着绿色学生制服的女孩正坐在床沿自杀，左腕和睡袍上的鲜血似乎要从墙上一直流下来，满布自己身上穿的白色外套，吓得她赶紧熄了光。

伏在弥勒菩萨巨大的塑像前，三毛仰望菩萨的面容，菩萨脸上大放光明，眼神无比慈爱。她感应到菩萨将左手移到自己的头上轻轻抚过。她很想留下来，做一个扫洞子的人，可是菩萨却回应她，让她去人群里再过过，不要拒绝他们。总有回来的时候。

等出得洞来，伟文和其他游客都说洞子并没有开天窗，洞里头黑黑的，菩萨的脸根本看不清，三毛一下子呆住了，腿软到坐在地上，不能够讲一句话。

黄昏来临，三毛和伟文在莫高窟外大泉河畔那片成千的白杨林里慢慢地走，什么话都不说，默默地感应彼此。爬上鸣沙山，山坡顶上，三座荒坟。朝下望去，沙漠瀚海如诗如画、如泣如诉一般地在脚下展开，直到天的终极。

夕阳染红了这一大片无边无际的沙漠，鸣沙山此刻显得如此柔美浪漫。山脚下，就是清澄幽静，永不干涸的月牙湖。哦，就是这里了，回家了，还有哪个地方，比这里更适合作心的归宿呢？三毛对伟文说："要是有那么一天，我活着不能回来，灰也是要回来的。伟文，记住了，这也是我埋骨的地方，到时候你得帮帮忙。"

"不管你怎么回来，我都一样等你。"伟文回答。

谁都没有想到，就在这约定后的一年，三毛如约归来，就像一朵永不凋谢的沙漠玫瑰，永远种在了这个心心念念的小沙丘。

从敦煌出来，三毛一路上游玩得很尽兴。体验了成都老茶馆的悠闲、在父亲当年那个老单位重庆北平大楼拍照留影、欣赏了三峡和黄鹤楼的美妙风景，惟独在西藏，因为高原反应强烈，晕倒在去拉萨的公路上，被送到解放军医院才得救。

行程的最后一站，还是上海的张乐平爸爸家，与张乐平老人一家度过了一个美好而难忘的中秋夜。临行前，张爸爸拉着三毛的手，叮嘱她，说好明年再来，不要忘记，三毛只轻轻点了点头，不敢轻易承诺。

4月16日，当车行到乌鲁木齐，三毛独自一人离开了同伴。她要去见一个人，一个比她大了30岁的老人。这个老人，在她心目中一直摆在一个重要的位置。她由衷地欣赏他，为他的艺术才华倾倒。她从小就特别喜欢唱他创作的《在那遥远的地方》、《达坂城的姑娘》和《掀起你的盖头来》。这些歌曲被她带进了西班牙、撒哈拉和加纳利群岛，陪伴着她度过多少寂寞的漂泊时光。

她曾经听台湾作家司马中原讲述过王洛宾的故事：早年曾两次蒙冤入狱，等出狱结了婚，五年后妻子却因病撒手离去。那个心爱的藏族姑娘卓玛也只能留在记忆中，不能携手今生。三毛当即就表示："这个老人太凄凉太可爱了，我要写信安慰他，我恨不得立刻飞到新疆去看他。"她心疼他曾经经历过的坎坷人生路，更敬重他坚毅的品质，即使遭遇挫折，也不放弃对音乐的不懈追求，创作了千余首脍炙人口，传遍大江南北的西部民歌。

她穿着一件大方格的长裙，系着镶金边的腰带，长发披肩，轻轻叩响了西部歌王——王洛宾的家门。他对她讲了亡妻黄静，她也对他讲了亡夫荷西；他弹唱了一曲《高高的白杨》，她也唱了一首《橄榄树》。在这个饱经沧桑却依然矍铄的老人面前，三毛感受到了一种不可名状的温柔。

傍晚时分，王洛宾来到三毛下榻的宾馆为她送行。穿着长裙，一头秀发的三毛抱着双膝，静静地坐在沙发前的地毯上，听王洛宾讲述《蚕豆谣》的故事。等三毛送王洛宾出门的时候，麻烦来了。原来，服务台的人听说是"找三毛"，就像炸了锅似的，男女服务生们纷纷奔走相告，一霎间纷纷捧出三毛著作，等在电梯间围住她要签名，倒把王洛宾晾在了一边。他先前只知道台湾有个作家叫三毛,却不知道原来三毛这么受欢迎。临别,三毛告诉王洛宾,明天,她将随旅行团取道成都回台,秋天,一定再来。

回到台湾,三毛回想起和王洛宾短暂的见面,心绪难平。她还有太多的话没对他讲,她要听他讲故事,讲那一首首歌曲背后的故事。这份浓烈的忘年之交,在三毛心里愈演愈烈。"万里迢迢,为了去认识你,这份情,不是偶然,是天命。没法抗拒的……闭上眼睛,全是你的影子。没有办法……你无法要求我不爱你,在这一点上,我是自由的。"她甚至下定决心,离开台湾,来乌鲁木齐,陪伴老人共同生活,用她女性独有的温柔,抚平岁月带给老人的伤痛。从 5 月到 8 月,短短 16 个星期,往来信件就达 15 封之多。她的热烈,令王洛宾不知所措。他在给三毛的回信中,将自己比喻成萧伯纳手中那柄破旧的阳伞,每天出门带着,只为了当拐杖用。三毛立即回信:"你好残忍,让我失去了生活的拐杖。"

这年 8 月 13 日,距上次会面才不过四个月,三毛拎着沉甸甸的旅行箱,从北京《滚滚红尘》电影制作驻地直接飞向乌鲁木齐,箱子里装满了长期居住所需的一应衣物用品。她要留下来,和王洛宾一起共同生活。她 47,他 77,年龄又有什么关系呢?都是一种没有年龄的人,一般世俗的观念,拘束不了彼此。不管别人怎么看,都不在乎,只求在你身边,只求心安。

三毛原本以为这次义无反顾的出行只是她和王洛宾两个人的事情,原本以为可以安安静静享受和老人在一起的闲暇时光,可是,她想错了。当她拖着疲惫的身体走下飞机,一群扛着摄像机的记者突然蜂拥而上,镜头全部对准了她。这是要做什么?

一身正装的王洛宾,捧着一束鲜花迎上来,告诉她,这是《新疆工人时报》撰写一部他音乐生涯的纪录片《生命交响曲》,编导特意要把欢迎三毛这场"戏"编进去,增加纪录片的吸引力。为了不让王洛宾扫兴，三毛强作笑颜掩饰内心的不满和抗议，挽住王洛宾的胳膊，肩并肩走下舷梯，勉强接受了一群男孩女孩的献花。不过是做戏吗，何苦不配合呢？

终于离开了公众视线，在王洛宾早已准备妥当的房间里，三毛打开旅行箱，拿出一套特意定做的藏族衣裙，鲜鲜艳艳地站在老人面前。她好想和他一起过几天普通人过的生活，骑车、买菜、做饭、逛街、布置家居、听听音乐看看书，可是，电视摄制组的人偏偏不得让她安宁，不是拉王洛宾出去拍外景，就是冲到家里来，擅自安排三毛和王洛宾的"对台戏"。

早在北京的时候，三毛应对没完没了的采访、约会就已经疲惫不堪，来到乌鲁木齐的第二天就病倒了。她一辈子都不曾这样被人当一件道具摆弄过。她早就说过："我是一个像空气一样自由的人，妨碍我心灵自由的时候，绝不妥协。"但是，为了王洛宾，她妥协了，再一次把自己暴露在镜头下以示公众，虽然内心早已委屈到极致。王洛宾显然是粗心的，他请来了一个女孩照料病中的三毛，自己却依然没有停下纪录片的拍摄，甚至还想着周末请朋友们来参加华尔兹舞会，一是欢迎她的到来，二是庆祝她病愈。

没有歉意，没有陪伴，没有理解，三毛理想中的两人世界瞬间垮塌，她再次陷入了深深的痛苦和失望之中，一颗滚烫的心也渐渐冰冷。终于有一天，三毛在餐桌上彻底爆发了，神经质地冲着王洛宾大叫："我杀了你！"然后拎起旅行箱，头也不回地走出了家门，订旅馆、订机票，第二天飞往喀什，在莫高窟的洞穴里，跌入"禅"的境界。

不能怪王洛宾，毕竟，他已经是个已近耄耋之年的老人。三十年的年龄落差，国情、成长经历的差异，培养出来的人生观和价值观各不相同，这方面，谁也不能强求。即使是夫妻，也要有好几年的磨合时间，更何况两个几乎完全陌生的人突然间凑到一起去了呢？爱一个人，就要爱他的全部，包容他的所有，适应他，甚至有些时候还要为他努力改变自己。他有他的生活轨迹，她也有她自己的生活轨迹。两条轨迹在乌鲁木齐的天空下相交，擦出一道耀眼的火花，这就足够了。

经过两天的冷静思考，三毛平复了情绪，从洞中走了出来，她眼神清澈空灵，似已勘破红尘，觉得人生已尽，再无留恋。三毛再次返回乌鲁木齐，当王洛宾来到宾馆看望时，三毛忍不住扑在他怀里放声大哭。那是一种痛苦燃烧后的释放，也是美好心愿被无情扼杀后的哀怨，更有爱的信仰崩塌的绝望。世事难料，当昨日的期许被今日的生活抹杀，除了向生活鞠躬，妥协，还能做些有什么更好的出路和途径？

对三毛和王洛宾的这段交往，后人众说纷纭，绝大多数人都说是三毛对王洛宾动了真情，起了爱恋。而我则以为不然。

三毛的姐姐陈田心曾经说过："三毛把王洛宾当做长辈，但她对长辈表达爱的方式不同，或许人家会以为是男女之爱，而她认为这种情感是源自对艺术创作的欣赏，也是一种长辈晚辈之间的情感传递，没提过两人会变成伴侣。三毛只是希望能给他一些温暖，让他享受人与人之间的互动与情感。"

作家司马中原回忆当年的情形，三毛曾经气愤地对他说："我这次去看王洛宾，他并不像你说的那样，我去他家，一屋子媒体人和当地干部，我有被耍的感觉。我原本只是想和他单独聊聊的。"

三毛是个博爱的女人，对身边的每一个人都非常之好。别说是亲人、自己喜欢的人，就是邻居，甚至是陌生人，都真心付出感情。"亲爱的"是她习惯用的口头禅。她对王洛宾的感情，不可能是男女之爱。王洛宾，如父如兄，对他，早已超越了男女之情，更多的是陪伴、依托、惺惺相惜。一个是四处漂泊的流浪女，一个是大西北的西部歌王，名气、地位，统统抛开，只希望陪着一个懂我的人，用两个人的沧桑，合在一起对抗寒冷。

　　我鼓足勇气，孤注一掷，抛开世俗的偏见和眼光，义无反顾朝你奔去，来到你身边。我只要守在你身边，你和我，两个人相守，和年龄无关，和身份地位无关，和金钱无关，只关乎一个字——情。你情，我愿，便足够。

　　无论爱或不爱，有过这样一次撞击，便足够！剩下的，任由别人去说吧！倘若不是媒体的嘈杂打破了他们相处的宁静，倘若他们能够安安静静坐下来，做一次灵魂的交流，会不会有余生的长相厮守？虽然，三毛能再一次找到心灵的归宿是她的自由，但私心又不愿看到这种"圆满"的结局。三毛的圆满就在于她命运的残缺和不圆满，"流浪"才是她的宿命和改变不了的烙印。虽然这私心不合乎情理甚至有些残忍，但事实正如此。三毛在四十八岁的美好韶光结束了自己的生命，给世界留下了一段传奇故事，她像焰火般绚烂多姿，永远美丽，永不苍老。

第八章
永别——超越死亡的意义

1990年12月15日,三毛出席了台湾金马奖颁奖晚会。当晚,由她执笔的《滚滚红尘》夺得八项大奖,她自己却没有获得最佳编剧奖。这部戏三毛看得很重,曾经希望这部戏"曲高和众",既叫好又叫座,但是最终却没有荣誉等身。

1991年1月1日凌晨两点,三毛给大陆作家贾平凹写了一封信,信中十分恭敬,说她读过贾平凹的两本著作,《天狗》和《浮躁》,每一本都反反复复看了二十遍以上。她觉得在中国当代作家中,只有对他的作品最有感应,看到后来,就看成了某种孤寂。只是,信还没到贾平凹手中,三毛就已经离开了人世。这封信一时成了绝笔。

给贾平凹写过那封信后,1月2日,三毛因为子宫内膜肥厚住进了台北荣民医院。这本来也不是什么多严重的病症,只消一个小手术就可以解决。但是这次住院和以往多次住院不同,在和母亲的对话中,三毛告诉她,她看到床边有好多小孩跳来跳去,有的还长出翅膀来了。三毛一向言行古里古怪,母亲也并没有在意。

1月3日上午10时,手术顺利结束,预定5日出院。全麻后清醒过来的三毛请父母亲放心回家:"我已经好了,没有病了,你们可以回家了。"母亲回到家,接到了三毛的一通电话,一开始还和她谈论病情,但过了一会儿,三毛的声音就大声、急促起来,好像是说,那些小孩子又回来了。母亲只当她是幻觉,只听电话那头三毛凄凉地笑了一声,电话就嘟嘟嘟地断了。

1月4日早晨,清洁女工走进三毛病房,看到眼前的一幕简直惊呆了——三毛安详地坐在马桶盖上,脖子上悬着一条咖啡色丝袜,自缢于卫生间的点滴吊钩上……

上午10：45,医院将三毛的遗体移交给父亲陈嗣庆,而母亲听到这个消息后当即昏厥。白发人送黑发人,丧女之痛一霎间笼罩了两位老人的心。母亲后悔当天没有陪伴在女儿身边,父亲也老泪纵横,回忆起三毛曾经给过他的点滴暗示,自己却不曾在意,不由又是悲痛不已。他决定将三毛生前在育达商校附近的公寓辟为"三毛纪念馆",作为对女儿最深的怀念。

香港、台湾,各大报纸都在最显著的位置刊登了三毛自缢身亡的消息,一时间,喜爱三毛的读者无不深深惋惜。消息很快传到大陆,1月4日下午,上海的张妈妈得知三毛的噩耗,强忍住悲痛,过了几日才婉转告知张爸爸"三毛已逝"。老人顿时泪如泉涌,失声痛哭。

三毛离世消息传来时,贾平凹就曾提笔写下《哭三毛》。几日后,三毛元旦当日书写的信件寄到家中,贾平凹更是思潮难平。如今,人已去,信方至,怎能不伤感万分？他再次提笔,写下了《再哭三毛》,并把所有的书信付之一炬,不忍再读。2000年,他从西安出发到新疆,经过鸣沙山的时候,特意去看望了三毛,那座没有任何标记的坟冢。三毛,那个读懂了他文字中的寂寞的女子,那个唯一读懂自己的人,堪称红颜知己了吧？人生得一知己,足矣！

而王洛宾呢,听到三毛离世的消息,方才觉得心底里被刀剜似的痛,日日痛饮买醉,甚至酒精中毒被送进医院。睹物思人,三毛留下的一枚发夹和一缕青丝,尚散发着她昨日的气息,但人已香消玉殒。是不是只有失去了才明白那人的重要？想起三毛对爱的信仰和不顾一切的追求，王洛宾拿起久违了的吉他，按捺不住激情澎湃，写下了一首追悔感伤的纪念情歌《等待——寄给死者的恋歌》。

> 你曾在橄榄树下等待又等待
> 我却在遥远的地方徘徊再徘徊
> 人生本来是一场迷藏的梦
> 且莫对我责怪
> 为把遗憾赎回来
> 我也去等待
> 每当月圆时
> 对着那橄榄树独自膜拜
> 你永远不再来
> 我永远在等待
> 等待、等待
> 等待、等待
> 越等待，我心中越爱！

伊人已逝，但世人对三毛的死因一直争论不休。自杀？他杀？一个个疑点似乎迷雾重重。要我说，害死三毛的，不是病痛，不是她的心灰意冷，而是这个社会对一个弱女子的过分要求，汲取掉了她灵魂中的蓬勃生气。的确，三毛是很有才华，又很特别，值得民众的喜爱、拥戴甚至崇拜。可是，正是这喜爱、拥戴和崇拜，使三毛失去了自我。作为公众眼里的"完美女人"，她已经彻底丧失了作为一个普通女人应有的平静生活。她本该有属于自己的后半生，谁都无权干涉。可是，几乎所有的人都已经把她推到了金字塔的塔尖，她活在所有人批判的灼灼目光下，无法过自己想要的生活。孤独与喧嚣，希望与绝望，生与死，一次次在她的内心激烈交战，无论哪一种生活形态，她都已经回不去了。

连自己深爱的父母，都不再读得懂她的内心，看不穿她决绝离去的种种暗示。那么，还有留念的呢？活得长不如活得精彩。这48年，已经够了。

其实，我以为，三毛是勇敢的，一次次从死亡的阴影中勇敢地站起来前行，第一次，第二次，第三次。她已经死了无数次了，这一次，她是真的累了。这一次的诀别，早已超越了生死，不啻一个完美的解脱。以三毛对哲学的理解，死亡不过是生命的解脱，是另一种幸福。那么，离开，失去追求属于自己的那份幸福去了吧？

不要再纠结于那些细枝末节，对三毛的死说三道四。其实真的大可不必。她是那样一个简单又简单的女子，就少一些纷争吧，让天堂中的三毛耳根清净，一如回到童年的墓园，有荷西陪在她身边，静静地对望，静静地与她合读一本书。彼时云淡风轻，夕阳从云边投射下金色的光芒，世界宁静而美好。

从台湾到沙漠，从沙漠到海岛，从陈平到三毛，从小女孩到名作家，从生到死，从死到生。历尽千辛万苦流浪了48年，游历了54个国家，出版了23部传世著作，而终于，一切尘埃落定。不再为任何人勉强自己、委屈自己，生死全由自己决定。

尘归尘，土归土，红颜终落幕。

台湾金宝山，敦煌鸣沙山。
一个东，一个西。
春夏秋冬，日月星辰从东到西，从西到东，轮番映照着那两处寂寞坟冢下，孤苦寂寞的灵魂。

我们每一个人，赤条条来到这个世界，很多人活得身不由己，被滚滚红尘五花大绑，说着言不由衷的话，做着言不由衷的事，过着心不甘情不愿的生活。虽然心里明白，却不敢、不能、不愿挣脱。最起码，三毛是勇敢的。一根轻薄的丝袜，告别所有的爱与痛，了却红尘，和她亲爱的荷西相约另一个世界，那里有绿水青山，有轻云薄雾，还有星光满天的撒哈拉夜空。

　　这让我想起了祝英台。纵身一跃，和坟冢下的梁山伯化作一对蝴蝶，翩跹飞过。

　　我还想起了干将莫邪，把自己，铸进自己的剑里。

　　如此惨烈，却如此动人。

后 记

永远的三毛

　　写三毛的生平,无异于一场精神的苦旅。痛着她的痛,爱着她的爱,无数次落泪不能竟笔。

　　关于三毛,还有很多很多要写,很多很多没有话还远没有说完。

　　她胸怀宽厚、悲天悯人、不求回报。她诚恳、真实、不矫揉造作。对生命无比热爱、对朋友无限关怀。她深处逆境,忍耐、自拔、保持气节。她宁愿伤害自己也不愿伤害曾经负她、伤害过她的人。

　　她身上有一股深深的人格魅力,忍不住让人亲近、喜爱、心疼。

　　有人认为三毛太过理想化,质疑她笔下种种纯粹是在编故事,甚至连荷西都是子虚乌有的。对这些人,我只能叹气无语。如果编故事可以编到这种程度,那她一定是世界上最高明的骗子,所有人都该向她顶礼膜拜。当真诚一览无余袒露在你面前,只有坦荡的人才会坦然接受这份真诚,并且为之动容。

　　看三毛的照片,一双眼睛,总是清澈无邪。正如她的母亲缪进兰所说:"在我这个做母亲的眼中,她非常平凡,不过是我的孩子而已。三毛是个纯真的人,在她的世界里,不能忍受虚假,就是这点求真的个性,使她踏踏实实地活着。也许她的生活、她的遭遇不够完美,但是我们确知:她没有逃避她的命运,她勇敢地面对人生。"

　　三毛的父亲陈嗣庆这样说:"我女儿常说,生命不在于长短,而在于是否痛快地活过。我想这个说法也就是:确实掌握住人生的意义而生活。在这一点上,我虽然心痛她的燃烧,可是同意。"

　　"生命不在于长短",说得多好啊!有的人,一年365天,就像是一天重复了365遍;而有的人,每一天都活得精彩,活得不重样,活得像太阳的光辉,赤橙黄绿青蓝紫,灿烂炫目。如飞蛾之扑火,燃烧之蜡烛,夜空之焰火,生命虽然短暂,却坚持一份执着,坚持一份价值,坚持一份意义。

> 我是天空里的一片云,
> 偶尔投影在你的波心——
> 你不必讶异,
> 更无须欢喜——
> 在转瞬间消灭了踪影。
>
> 你我相逢在黑夜的海上,
> 你有你的,我有我的,方向;
> 你记得也好,
> 最好你忘掉,
> 在这交会时互放的光亮。
>
> ——徐志摩《偶然》

我是天空里的一片云,一片绚烂的火烧云。或许你会讶异,或许你会惊喜,但是,转瞬间,我就会消失踪影。

不必留恋,更不要哀伤。你驾驶着人生之帆,行进在茫茫大海上;我满心欢喜,踏进我无数次梦回的天堂。

那曾经的光芒,
是昨夜的焰火,
只放出属于我的光亮。
请记得我来过;
请忘记我来过。
我的名字,叫——
三毛。

朋友眼中的三毛

三毛曾说过很羡慕我和秦祥林恩爱，也想找一个关心自己、可以谈心的及工作上的伴侣，可惜未能找到理想对象。对于死去的丈夫，她仍然十分怀念。她太不注意保护自己……我曾经劝她不要太过任性，就算自己不在乎自己的身体，也要为父母保养身体。

——演员林青霞

三毛不是美女，一个高挑着身子，披着长发，携了书和笔漫游世界的形象，年轻的坚强而又孤独的三毛对于大陆年轻人的魅力，任何局外人作任何想象来估价都是不过分的。许多年里，到处逢人说三毛，我就是那其中的读者，艺术靠征服而存在，我企羡着三毛这位真正的作家。

——作家贾平凹

有些本来是含义美好的名词，用得滥了，也就变成庸俗不堪了。才子才女满街走是一个例子，银幕、荧幕上的奇女子频频出现也是一个例子。我本来不想把这种已经变得俗气的衔头加在三毛身上的，但想想又没有什么更适合的形容，那就还是称她为奇女子吧。"奇"的正面意思应是"特立独行"，按辞海的解释，即志行高洁，不肯随波逐流之谓也。

——作家梁羽生

三毛很友善，但我对她印象欠佳。三毛说她"不是个喜欢把自己落在框子里去说话的人"，我看却正好相反，我看她整天在兜她的框框,这个框框就是她那个一再重复的爱情故事,其中有白虎星式的克夫,白云乡式的逃世,白血病式的国际路线,和白开水式的泛滥感情。如果三毛是个美人,也许她可以有不断的风流余韵传世,因为这算是美人的特权。但三毛显然不是,所以,她的"美丽的"爱情故事,是她真人不胜负荷的……

——作家李敖

如果生命是一朵云,它的绚丽,它的光灿,它的变幻和飘流,都是很自然的,只因为它是一朵云。三毛就是这样,用她云一般的生命,舒展成随心所欲的形象,无论生命的感受,是甜蜜或是悲凄,她都无意矫饰,行间字里,处处是无声的歌吟,我们用心灵可以听见那种歌声,美如天籁。被文明捆绑着的人,多惯于世俗的繁琐,迷失而不自知。读三毛的作品,发现一个由生命所创造的世界,像开在荒漠里的繁花,她把生命高高举在尘俗之上,这是需要灵明的智慧和极大的勇气的。

——作家司马中原

有很多人批评三毛,认为她只是在自己的小天地做梦,我不以为然。基本上,文学创作是一个人性灵升华的最高表现,她既能升华出这样的情感,就表示她有这样的层次,这比起很多作家,我觉得她在灵性上要高出很多。

——演员胡茵梦

三毛对生命的看法与常人不同,她相信生命有肉体和死后有灵魂两种形式。她自己理智地选择追求第二阶段的生命形式,我们应尊重她的选择,不用太悲哀。三毛选择自杀,一定有她的道理。

——作家倪匡

三毛一生追求的幸福用语言是无法形容的,她的这种幸福来自灵魂和身体上的自由。所以她几乎遍布了世界的各个角落,留下了那脍炙人口的作品。三毛永远活在我们心中,大家永远记住了她。

——作家辛东方

三毛生平

1943年，三月二十六日出生于重庆，浙江省舟山市定海区人，取名为陈懋平。

1946年，因为觉得"懋"字麻烦，三毛就把它去掉，改名陈平。

1948年，随父母迁居台湾，入台北国民小学读书。

1954年，入台北省立女子中学学习。

1955年，初二，受墨汁涂面打击，以及为看小说开始逃学。后休学在家。

1956年，一度复学，后正式退学。开始练习写作、音乐、绘画，切腕自杀获救。

1962年，以陈平名义在现代文学发表第一篇作品《惑》。

1964年，得到文化大学创办人张其昀的特许，到该校哲学系当旁听生，课业成绩优异。初恋。

1967年，初恋失败，赴西班牙马德里文哲学院留学。圣诞初结识荷西。

1968年，与荷西分别。漫游欧洲、巴黎、慕尼黑等地。

1971年，返回台湾，任教于文化大学和政工干校。

1972年，与一德裔男子相恋，结婚前夕，未婚夫心脏病突发猝死。冬，再赴西班牙，重遇荷西。

1974年，进入撒哈拉沙漠。

1974年，七月，与荷西在沙漠小镇阿尤恩结婚。

1974年，十月六日，以笔名"三毛"在《联合报》发表作品《中国饭店》。

1976年，夫妇移居大加纳利岛。五月，由皇冠出版社出版《撒哈拉的故事》。

1979年，随荷西到拉芭玛岛生活。九月三十日，荷西在海底进行水下工程操作时意外丧生。回到台湾。

1980年，五月，重返西班牙和加纳利，开始孀居生活。

1981年，十一月，开始中南美之行。

1982年，十月，返回台湾任教文化大学中文系文艺组。游记《万水千山走遍》出版。

1984年，赴美度假治病。

1985年，一度丧失记忆，神经错乱。

1986年，十月，正式回到台北定居，被台湾多份报刊评为最受读者喜爱的作家。

1988年，六月十二日，给"三毛之父"张乐平写第一封信。

1989年，四月，曾回大陆探亲；同年开始创作电影剧本《滚滚红尘》。

1990年，四月，三毛参加一个台湾的旅行团，赴敦煌、吐鲁番等地游览。当到乌鲁木齐时，她离队找到王洛宾。《滚滚红尘》获金马奖八项大奖。

1991年一月二日，因子宫内膜肥厚入住台北荣民总医院检查治疗。一月三日，进行手术。一月四日凌晨，三毛两次拨打好友眭澔平的电话无人接听，最后在病房卫生间里以丝袜绕颈窒息身亡。终年四十八岁。

三毛作品

翻译作品：

《娃娃看天下（一）》（漫画）1980 年 2 月初版 译自西班牙文

《娃娃看天下（二）》（漫画）1980 年 2 月初版 译自西班牙文

《兰屿之歌》丁松青神父（Fr. Barry Martinson）原著 1982 年 6 月初版 译自英文

《清泉故事》丁松青神父（Fr. Barry Martinson）原著 1984 年 3 月初版 译自英文

《刹那时光》丁松青神父（Fr. Barry Martinson）原著 1986 年 1 月初版 译自英文 [4]

早期作品：

《惑》–《现代文学》杂志第十五期 1962 年 12 月

《月河》–《皇冠》十九卷第六期 1963 年》

《极乐鸟》–《征信新闻报》1966 年 1 月 26 日

《雨季不再来》– 1966 年 9 月《出版月刊》第 16 期

《一个星期一的早晨》– 1967 年 3 月《出版月刊》第 22 期

《安东尼·我的安东尼》– 1967 年 6 月《幼狮文艺》第 4 期

《实业世界》若干篇报导文字

书：

《撒哈拉的故事》台北：皇冠出版社，1976 年。

《雨季不再来》台北：皇冠出版社，1976 年。

《稻草人手记》台北：皇冠出版社，1977 年。

《哭泣的骆驼》台北：皇冠出版社，1977 年。

《温柔的夜》台北：皇冠出版社，1979 年。

《背影》台北：皇冠出版社，1981 年。

《梦里花落知多少》台北：皇冠出版社，1981 年。

《万水千山走遍》台北：联合报社，1982 年。

《送你一匹马》台北：皇冠出版社，1983 年。

《倾城》台北：皇冠出版社，1985 年。

《谈心》台北：皇冠出版社，1985 年。

《随想》台北：皇冠出版社，1985 年。

《我的宝贝》台北：皇冠出版社，1987 年。

《闹学记》台北：皇冠出版社，1988 年。

《滚滚红尘》台北：皇冠出版社，1990 年。

《亲爱的三毛》台北：皇冠出版社，1991 年。

《我的快乐天堂》台北：皇冠出版社，1993 年。

《高原的百合花》台北：皇冠出版社，1993 年。

《我的灵魂骑在纸背上》台北：皇冠出版社，2001 年。

散篇：

《写给"泪笑三年"的少年》（《泥土·牛》，台北：幼狮文化事业，1985 年 6 月）。

《你们为什么打我》（《联合报·缤纷》，1988 年 5 月 25 日）

《读书与恋爱》（《当我 20》，台北：皇冠出版社，1988 年 8 月）

《欢喜》（《谈色》心岱主编，台北：汉艺色妍文化事业，1989 年 4 月）

《给柴玲的一封信 — 漂泊的路怎么走》（《联合报·联合副刊》1990 年 4 月 7 日）

有声书：

《三毛说书》1987 年 3 月初版

《流星雨》1987 年 7 月初版

《阅读大地》1989年7月初版

歌词：

《不要告别》奕青（李泰祥）曲 李金玲、洪小乔、刘文正、萧孋珠、凤飞飞、黄莺莺、江玲、叶瑷菱、赵薇、李碧华、张惠妹等人都曾唱过

《一条日光的大道》李泰祥曲 李泰祥、齐豫唱

《橄榄树》李泰祥曲 齐豫唱

《轨外》李泰铭曲 陈志远编曲 潘越云、齐豫唱 三毛旁白

《迷》翁孝良曲 陈志远编曲 潘越云、齐豫唱

《今生》又名《七点钟》李宗盛曲 陈志远编曲 齐豫唱 王新莲合音

《飞》李宗盛曲 陈志远编曲 潘越云唱

《晓梦蝴蝶》陈志远曲/编曲 潘越云唱

《沙漠》李泰祥曲/编曲 齐豫唱 三毛旁白

《今世》李泰祥曲/编曲 齐豫唱

《孀》陈扬曲/编曲 齐豫唱 三毛旁白

《说给自己听》李泰铭曲 陈志远编曲 潘越云、齐豫唱

《远方》王新莲曲 陈志远编曲 潘越云唱 三毛旁白

《梦田》翁孝良曲 陈志远编曲 潘越云、齐豫唱 后陈淑桦在九四年翻唱

《说时依旧》梁文福曲 林慧萍唱

《生活，是一种夏日流水般的前进》

《那人》

《假如还有来生》

《做一个百分之百的女人》

《雅各天梯》

《梦里风景》

《对话》